les routes

Du même auteur, dans la même collection

Les Évanescents, 2021

Photographie de couverture : © Derek Brahney / © Francesco Cantone/Shutterstock,
Ares Jonekson/Shutterstock, Mega Pixel/Shutterstock

www.lerouergue.com

Siddhartha regarda dans l'eau et, dans cette eau qui fuyait, des images lui apparurent : il vit son père, seul, portant le deuil de son fils ; il se vit lui-même, seul, uni par les liens de l'amour à son fils lointain ; il vit son fils, seul aussi, sur la voie brûlante où il courait, avide, vers le but de ses jeunes aspirations ; chacun d'eux avait les yeux fixés sur ce but, chacun d'eux était dominé par la pensée de l'atteindre, chacun d'eux était en proie à la souffrance.

Hermann Hesse, *Siddhartha*

Sur les chantiers quand approche l'heure du repas, les hommes font taire les pelles dans de profondes bassines d'eau. Là ils lavent leurs mains, rincent une tomate, une pomme, à grands éclats, puis l'un siphonne un peu d'essence dans la bétonnière, l'autre rassemble des sacs de ciment vides, des bouts de polystyrène, du bois de palette. La surface des bassines redevient lisse et se nimbe d'une pellicule calcaire tandis qu'on allume un feu. L'épaisse fumée fait croire à une tombée de nuit. Dans la baraque en tôle on va chercher les travers de porc tièdes qui patientent depuis le matin, allongés sur des planches de madriers changées en table. On les fait cuire sur la grille noire et grasse du repas de la veille. Une odeur coriace s'élève, mélange d'essence, de viande et de plastique brûlés. Elle se loge au point où se superposent les fils des vêtements, à la racine des cheveux, sous le siège des camions, elle se moule dans l'acier branlant de la baraque. Impossible de se défaire de cette maudite odeur.

Chaque été le Portugal prendra la mauvaise habitude de s'embraser, les flammes couperont les voies, feront fondre les arbres, les carcasses de voitures deviendront des points de suspension. Hommes, femmes, enfants, il y aura des morts. Les journalistes trouveront un nom : « la route de la mort ».

Comme la plupart des hommes du coin, le premier pompier qui arrivera sur cette souricière d'asphalte aura respiré les poussières de chantiers, en France. Il reconnaîtra l'odeur, la viande, l'essence, le plastique. Avant de voir que la forêt en brûlant a dénudé la carrière, de s'étonner de la résistance du goudron à la chaleur, de compter le nombre de véhicules piégés malgré d'ultimes accélérations le long de l'immaculée ligne de marquage au sol, il sera saisi par cette odeur impossible à abandonner malgré les routes, les lignes, les murs et les frontières.

Dans ces premières secondes, c'est toujours cette odeur qui accaparera toute son attention pour tenir le désespoir encore un peu à distance. Ne pas craquer. Surnager un instant parmi les cendres avant d'être submergé par les vaines interrogations des vies achevées. Questions dérisoires que la mort impose, auxquelles chacun propose une réponse, pour tenir debout et donner du sens à ce qui n'en a pas. Qui étaient-ils avant d'être ces corps calcinés ? Comment se sont-ils retrouvés sur cette route ? Quelle musique jouait l'autoradio quand ils ont compris qu'ils ne sortiraient pas du brasier ? Quels sont les derniers mots qu'on échange avant de mourir ? Ont-ils seulement eu le temps de se dire qu'ils s'aimaient ?

Chalandonnette
février 1995

Assis au volant de la Mercedes 190 D, Fernando s'impatientait. Depuis quelques semaines, comme chaque année, il guettait cette journée en rêvant de l'enjamber grâce à l'élan des trois cent soixante-quatre jours précédents. Il savait la lutte contre le calendrier perdue d'avance, alors autant éviter les scrupules et les éternels comptes à régler, ils rendent la défaite encore plus longue. Pour se convaincre de son emprise sur le rythme du temps, tous les dimanches suivant le 18 février, il s'habillait en vitesse, avalait un café et commençait les allées et venues dans le salon, puis, pour accélérer le mouvement général, sortait sur la terrasse où il enchaînait les cigarettes malgré le froid. La fumée sortant de sa bouche avec la régularité d'un battement de cœur trahissait définitivement son impatience. Quand enfin, n'y tenant plus, il estimait qu'il fallait y aller, il s'installait dans la voiture et la faisait démarrer. Le moteur criait durant les premières minutes, le temps que le chauffage souffle son air d'huile chaude et de poussière. Sans qu'il ait eu besoin de dire un mot, la famille comprenait que, derrière le hurlement mécanique de la bête allemande, il fallait entendre la voix du père. En quelques minutes on voyait Hélène descendre les marches deux à deux pour rejoindre la voiture, la petite dans les bras, traînant derrière elle Arthur dans une tenue improbable que mère et fils jugeaient très élégante. Cette année, alors qu'il avait pourtant onze ans, il semblait très fier de son nœud papillon.

Face à la tyrannie des calendes, Hélène s'imaginait, à force d'esquives, épuiser le temps, le ralentir. L'objectif n'était pas tellement de savourer ce jour d'anniversaire – ce n'était plus une fête depuis ses treize ans – mais plutôt d'écourter tout ce qui allait suivre. Qu'on étire les minutes précédant les retrouvailles. Qu'on rende ces minutes éternelles. Qu'elles dévorent toute la journée. Et, plus on arrivait tard, plus vite on expédierait l'apéritif et le repas. Depuis l'enfance elle avait au moins retenu une leçon, une constante : chez les Turca, on servait les reproches avec le digestif.

Au début de leur histoire, Fernando avait cru qu'Hélène était une fonceuse, qu'elle était bien plus volontaire que lui : face à l'obstacle jamais un pas de côté, pas même un pas d'élan, elle avançait dans la vie avec l'autorité et les certitudes du bulldozer. Quand c'était devenu sérieux entre eux, c'est elle qui lui avait pris la main pour le traîner jusque dans la cuisine des Turca. Il l'entendait encore dire à ses parents : « Je me tire d'ici, je m'installe avec Fernando. » Elle tordait le temps à sa volonté, précipitait les événements sur une intuition et Fernando, qui vivait parmi les points d'interrogation, était tombé sous le charme de sa détermination. En un souffle ils étaient passés de la Mobylette à la 204, puis à l'Alfa, et à la Mercedes 190 D ; du petit appartement face au cimetière à la maison, puis à l'autre maison, plus grande, dans un quartier plus recherché, Hélène l'appelait « la villa ». Arthur avait complété la photo glacée du bonheur familial, suivi de sa sœur quelques années plus tard. La voiture, la belle maison, le garçon, l'aîné, puis la fille… À chaque voiture ses nouveaux sièges, à chaque maison son nouveau canapé, Hélène se sentait s'installer davantage, immobilisée dans les profondeurs des assises, vaincue par le confort, ou peut-être anesthésiée par la peur de tout perdre. Sans qu'elle s'en rende compte, elle s'était habituée à cette vie et elle n'arrivait plus à entrevoir le passé ; le présent avait dévoré ses aspirations adolescentes, les rêves d'opérations humanitaires, l'attention fiévreuse aux mouvements du monde. À mesure qu'elle possédait, elle remettait au lendemain, laissait filer les jours, laissait faire, tandis que Fernando frappait sans cesse la vie pour lui imprimer son tempo, en avoir plus. À un moment, sans vraiment s'en rendre compte, ils s'étaient désynchronisés.

Ainsi, tous les dimanches suivant le 18 février, il attendait dans la voiture, tandis qu'elle refaisait trois fois sa coiffure, comme si, sous les coups de brosse et le souffle chaud du sèche-cheveux, pouvait apparaître le visage qu'elle voulait montrer à ses parents. Un visage qui ferait bien sur la photo, entre la villa et la Mercedes 190 D. Mais face au miroir elle ne savait plus à quoi elle devait ressembler ; s'il fallait en ce jour être particulièrement stricte, douce, conventionnelle, artiste, sensuelle, rêche, sophistiquée, autoritaire… Quelle coiffure pourrait encore faire croire à tous qu'elle ne regrettait rien ? Finalement, elle opta pour son habituelle queue-de-cheval, même si ses cheveux, peu habitués au gonflement du BaByliss, en étirant l'ovale de son front, lui donnaient l'air un peu gourde.

– Des cigarettes, j'en ai plus.

– On s'arrêtera à la gare, c'est pas grave.

– On est déjà à la bourre. Tant pis, je fumerai les tiennes.

Hélène sortit les Dunhill de son sac banane. Depuis des années déjà cet accessoire mimant la bedaine était passé de mode mais elle sacrifiait volontiers la forme à la fonction. Posé sur le tableau de bord, au milieu des incrustations en ronce de noyer et des empiétements en cuir du levier de vitesse, le paquet rouge carmin évoquait une publicité pour un palace britannique séculaire. Le liseré d'or qui courait sur les arêtes renforçait cette impression de faste un peu désuet, tout comme les inscriptions : « Filter de luxe / DUNHILL International / London Paris New York. »

Habituellement, pour allumer sa Marlboro, Fernando recroquevillait sa main, calait la cigarette entre l'index et le majeur, couvrait sa bouche avec ce dôme de cinq doigts et ne reprenait sa respiration qu'une fois la fumée aspirée, si bien qu'on pouvait croire que la combustion du goudron l'empêchait de s'étouffer. Mais quand il prit la longue et délicate Dunhill que lui tendait Hélène, il craignit de la casser et se résolut à la tenir entre le pouce et l'index, précieusement, imitant sans le vouloir le signal des plongeurs des profondeurs quand tout va bien. Tout va bien. Il tirait sur cette cigarette, trop fine, trop chic pour lui, il redoutait de la broyer avec ses doigts pataudss, éclatés par le ciment qui avait rendu sa peau si épaisse qu'elle était à présent insensible. Fernando tirait de grandes lattes tandis qu'Hélène laissait la cendre grignoter son trajet vers le filtre, et comme Arthur se mit à tousser, elle baissa la vitre malgré le froid et la vitesse de la voiture. En s'engouffrant dans l'habitacle, l'air lui fouetta le visage et dilata ses cheveux, donnant définitivement une allure de montgolfière en détresse à sa coiffure.

Le paysage morne défilait, étirant les couleurs des murs du lotissement, les diluant avec l'asphalte et le ciel de février chargé de nuages. La vitesse de la voiture donnait aux extérieurs des teintes brouillées semblables à une palette où se mélangent les tubes de gouache. Fernando accélérait, les gris devenaient plus clairs. Dans le miroir du pare-soleil où elle tentait d'ajuster son ricil, elle vit scintiller le nœud papillon d'Arthur, ce petit soleil qui l'étranglait.

– Comme tu es beau avec ce nœud papillon mon chéri ! Ça te va très bien tu sais, tu es très élégant.

Le petit s'était redressé sur son siège, le menton pointant vers le plafond, pour exhiber son cou.

– C'est fou comme il est coquet. C'est lui qui a choisi sa tenue. Tu as vu comme il a bien assorti sa chemise verte, son pantalon en velours bleu et son nœud papillon à carreaux. On dirait un lord anglais ! Tu as beaucoup de goût mon chéri.

Elle lui adressa, dans le vent, un bisou sincère et désarmant, un bisou de petite fille. Durant une seconde, Fernando en voulut violemment à son fils. Il aurait pu jouer sérieusement au foot, être titulaire pour les matchs de son équipe, disputer un tournoi aujourd'hui ! Il chassa sa colère d'un léger mouvement des yeux vers le rétroviseur central et croisa le regard de la petite qui soufflait en gonflant ostensiblement les joues.

– Je voulais être bien habillé parce que c'est ton anniversaire et parce qu'on va voir papy et mamie.

Arthur en avait déjà trop dit et Hélène sut qu'il fallait se taire, arrêter ce babillage, même s'il lui permettait d'évacuer temporairement la tension, il exposait inutilement son fils et Fernando pouvait croire qu'elle le faisait exprès. Elle murmura « tais-toi » en recrachant sa fumée, et le silence qui revint immédiatement l'obligea à poser son regard sur le paysage : le mur d'enceinte du lotissement, la voie rapide, la façade des bureaux d'Olano, la bretelle de sortie, le pont qui enjambait le fleuve, la gare, la frontière du quartier Saint-Esprit, la rue de ses parents, la citadelle de Vauban et là-bas, suspendue sur les hauteurs de la ville, la muraille de béton de la ZUP. À dix-neuf ans elle avait imaginé un grand voyage, quelque chose d'exotique, une ligne de fuite, une cavalcade, le bruit des amarres qu'on rompt. Et la voilà, dix-neuf ans après sa déclaration d'indépendance, vivant à cinq kilomètres des Turca : toute une vie pour parcourir une si petite distance. Les anniversaires sont propices aux bilans trop sévères, alors, pour ne plus y penser, Hélène alluma l'autoradio et retrouva le sourire en entendant le piano sautillant d'Elton John. Derrière, Arthur cessa de tousser et chantonna le refrain dans un anglais phonétique. Sa mère, galvanisée par cette petite voix le rejoignit en chœur, sa sœur les regardait d'un œil torve, son père tapotait le rythme sur le volant en continuant d'émettre son signal de plongeur : tout va bien. La voiture passa devant la maison des Turca dans une ambiance de grand malentendu.

Ce quartier… Adolescent, il lui était étrangement familier, il y retrouvait l'impression d'écrasement découverte dans l'étroite rue du village, à Trás-os-Montes. Là-bas aussi, les murmures derrière les fenêtres semblaient déplacer les murs. Les gens d'ici avaient franchi un cap, ils n'étaient plus des locataires, ils ne vivaient plus dans des appartements, ils étaient arrivés. Toute une vie d'horaires fixes et de congés payés pour avoir leur portion de droit à la ville. Objectif atteint. Ensuite il ne restait plus grand-chose à faire, sinon guetter le passage d'un jeune Portugais dont l'avenir ravivait les vertiges de la contingence. En faisant moins bien qu'eux, il deviendrait un parasite ; en les égalant il soulignerait l'étroitesse de leurs vies ; en les dépassant il accentuerait l'amertume qui suintait déjà des menuiseries des pavillons du quartier. Il n'existait aucune bonne option pour Fernando ici, le seul fait d'être était une aporie.

Il avait compris tout ça des années plus tôt, alors qu'il venait de garer sa Mobylette sur le trottoir, devant le pavillon. Il travaillait les samedis et dimanches pour son patron. L'autre l'avait payé avec cette Motobécane 50 qui encombrait son dépôt depuis des années. Fini le bus ! Avec Hélène, ils allaient librement se déplacer, le monde, ou au moins la ville leur appartenait. Elle s'accrocherait à lui quand il accélérerait et ils s'en iraient de cette triste rue, pour quelques heures. Madame Turca avait ouvert la porte et, tandis qu'il montait les escaliers pour rejoindre la chambre d'Hélène, elle avait crié avec une intonation anormalement élégante : « Hélène, tu diras à ton ami de ne pas appuyer sa Mobylette de bougnoul sur notre mur. » La honte et la colère figèrent son ascension. Évidemment, ce n'était pas la Mobylette de ses rêves mais pour la première fois, quelque chose lui appartenait. Il savait bien qu'avec ses deux énormes sacoches, son guidon raide et haut, elle était l'exact opposé des Malaguti racées chevauchées par les fils de bonne famille qui s'encanaillaient. Mais il avait imaginé le sourire d'Hélène quand il lui proposerait de faire un tour. Allez, descends, on file ! Il ne pensait qu'à ce sourire un peu triste, elle l'offrait trop rarement. « Mobylette de bougnoul »… La semaine suivante il la revendit et, par la suite, il se montra toujours ferme pour être payé en cash plutôt que par le système rocambolesque de troc qui avait cours dans le bâtiment. Deux ans plus tard, en posant les clés de la 204 sur la table des Turca, il croyait laver un vieil affront. L'autre, la lippe dégoûtée : « Tu as gagné au Loto ? » Ensuite il arriva avec l'Alfa Roméo, « une voiture de gangster rital » selon le père Turca. Quand enfin vint la Mercedes 190 D, Fernando n'écoutait déjà plus rien de ce que pouvaient raconter les Turca. Il attendait la fin de la journée d'anniversaire.

Le 31 mars 1969, Albin Chalandon, ministre de l'Équipement et du Logement lançait, le plus sérieusement du monde, le concours international des maisons individuelles : « Il s'agit de proposer aux Français une nouvelle façon de vivre en exploitant pour cela, dans le cadre d'un urbanisme végétal, les sites les plus agréables. » Le ministre, en plus d'une orgueilleuse ambition internationale, avait trois souhaits : rendre accessible la maison individuelle à tous les Français pour éviter la ségrégation entre « les gens riches dans les villas » et « les ouvriers dans les collectifs H.L.M. » ; créer une véritable industrie de la construction individuelle ; donner le « coup d'envoi d'un nouvel urbanisme ». Ici, la ZUP était érigée depuis cinq ans, pensée par un grand architecte disait-on, elle écrasait la ville d'une ombre grise, une menace de béton, une falaise futuriste inquiétante ceinturant l'horizon. Ceux qui étaient nés ici ne reconnaissaient plus leur ville et rejetaient la verticalité de ces nouvelles habitations ; ils exigeaient des pavillons individuels, dignes de leur rang, le ministre l'avait bien compris. Les Turca furent les premiers à emménager dans ce nouveau quartier, dans ces ensembles dessinés en masse par les grands vainqueurs du concours de l'année 1970. Ils avaient même pu choisir la couleur des papiers peints.

Pour Fernando, la vision de leur maison constituait le premier motif d'exaspération d'une journée qui, comme chaque année, en fournirait bien d'autres. Implantation, orientation, hauteur, circulation, isolation, aération, étanchéité : cette chalandonnette était un bras d'honneur aux règles élémentaires de la construction et, par extension, la première insulte des Turca à leur maçon de beau-fils.

Elle était coincée contre un mur de soutènement, la façade semblait étouffer, le crépi se boursouflait en une sorte de psoriasis. Seule courait une étroite bande de terre au-dessus de laquelle pendouillait un fil d'étendoir. De l'ombre extérieure, les vêtements rapportaient une odeur d'humidité qui, à la longue, imbibait jusqu'à la peau des Turca. En ouvrant la porte d'entrée, Hélène sentit un spasme au fond de sa gorge, l'odeur sûrement. Ils avaient mis en place le décorum du repas dominical, avec les plats si grands qu'ils mangeaient la table et les couverts trop brillants pour le peu de soleil qui entrait dans le salon exposé plein nord. Ils étaient là, les Turca, père et mère, toujours convaincus, comme au premier jour, que Fernando n'était pas digne d'eux, et encore moins de leur Hélène. Malgré tout, une fois par an, chacun composait. Le temps pour Hélène de souffler les bougies plantées sur la tarte aux fraises.

Madame Turca avait préparé des œufs mimosa en entrée « C'est ton plat préféré depuis toute petite. » Hélène, qui portait déjà l'indélébile culpabilité de ceux qui déçoivent leurs parents, n'avait jamais osé avouer son aversion pour la poudre de jaune d'œuf. Elle l'étouffait. À moins que ce ne soit l'odeur d'humidité collée à la nappe et aux serviettes qui lui serrait le cou. Ou était-ce là l'effet de vieux remords. Entre ces murs elle avait toujours mal respiré. Plus jeune, elle passait ses journées dans sa chambre, appuyée à la fenêtre, le regard tourné vers la route et ses pensées disséminées vers le port de Cadaqués. Au-dessus de son lit était accrochée une affiche, la *Jeune fille à la fenêtre* de Dalí. Certainement qu'adolescente, alors qu'elle se penchait vers la rue, au-delà du va-et-vient des voitures et des camions, elle voyait filer la petite voile d'une barque catalane. Qu'advient-il des chambres d'enfants ? Est-ce que tout était resté en l'état, fixé au mur par des punaises translucides, en attendant son hypothétique retour parmi les siens ? Ou est-ce que sa mère avait fini par y aménager un coin couture dans lequel l'enfer domestique que vomissait la jeune Hélène recouvrait tout ? Des bobines de fils aux couleurs ternes, des aiguilles longues comme des dimanches après-midi, une machine à coudre rutilante sur son ancien bureau, des écharpes trop serrées en cours de réalisation, des patchworks lie-de-vin recouvrant le lit où, avec Fernando, la première fois... il y avait même très certainement de la dentelle aux fenêtres. Elle n'avait jamais voulu rouvrir la porte de sa chambre.

Aux œufs émiettés succédait un maigre gigot d'agneau saignant, parce que ça se servait cuit comme ça d'après un magazine que madame Turca récupérait chez sa coiffeuse. Fernando sentait la chair glaciale et les giclées de sang rafraîchir sa bouche à chaque coup de dent. Il coupait de petits morceaux dans l'assiette en fausse porcelaine, là où les haricots baignant dans les sucs froids prenaient un surprenant goût de rouille. Pour faire diversion il criait parfois sur Arthur : « Mange ce qu'y a dans ton assiette ! » L'autre faisait la moue en ajustant son nœud papillon. Il n'aimait pas la viande. Sa grand-mère disait tant pis avec un air de reproche et le père Turca parlait de la guerre et des enfants gâtés dans une bouillie de phrases à laquelle on ne comprenait rien. Personne n'écoutait vraiment. Le silence avait repris ses droits quand Hélène libéra son fils : « Tu n'as qu'à aller jouer dehors, c'est bon. »

Fernando guettait la lèvre plongeante de sa belle-mère, le front triomphal de son beau-père, le procureur des appétits.

Il les regardait, les Turca, dans leur pavillon fade, avec leurs soudaines manières de bourgeois qu'ils ne réservaient qu'à lui, le Portugais, histoire de le garder à sa place. Jamais ils ne mangeaient dans le « beau » service. D'habitude on écalait les œufs durs à même la table et on posait le pot de mayonnaise sur la toile cirée. Pas question d'isoler le blanc du jaune, encore moins de les passer à la moulinette. Mais pour Fernando on sortait absolument tout, même la pince télescopique pour attraper les morceaux de sucre au moment du café, ce qui faisait dire à Marie-Josée Turca : « Tu vois, on le reçoit bien, ton Fernando. » Mais personne n'était dupe : cette farandole de vaisselle clinquante et de menus à la mode des magazines vieux de cinq ans ne se déployait pas en l'honneur du beau-fils, mais en l'honneur des Turca. Pour rappeler qu'ils n'appartenaient pas à la même espèce que Fernando, le Portugais, et qu'ici on ne prenait pas les morceaux de sucre à la main, comme un malpropre, mais bien à l'aide d'une élégante pince télescopique. On savait se tenir.

Comment pouvait-on aussi mal construire une maison ? La disposition des pièces avait été jouée aux dés. La cuisine ? Dans l'entrée ! Ensuite ? Un couloir ! L'escalier ? Plantons-le au milieu du salon ! On a oublié les w.-c. ? Mettons-les en haut, ça ira ! À chaque repas, Fernando subissait l'anarchie du plan de construction, il en éprouvait physiquement un sentiment de pesanteur que les rares phrases prononcées autour de la table ne faisaient qu'accentuer. Il régnait une tension aigre, chaque susceptibilité était en alerte, la moindre phrase donnerait lieu, ensuite, à d'interminables interprétations, loin de celui qui prononcerait les mots incriminés, dans l'impitoyable face-à-face du couple. Alors on parlait peu, et on ne se disait rien.

Dans la minuscule cour, deux taies d'oreiller claquaient dans le courant d'air sans jamais parvenir à sécher. Arthur était agenouillé dans la terre, sous l'étendoir, et le tissu délavé par les années venait caresser ses cheveux sans qu'il y prête attention. Pourquoi n'avait-il pas pris son ballon ? Pourquoi n'avait-il pas un tournoi de foot, comme les autres ? Que pouvait-il bien se raconter, les yeux rivés sur le sol, grattant la terre glacée ?

À l'intérieur, les fumées de cigarettes stagnaient sous la lumière du plafonnier et se mêlaient en un épais nuage planant sur la table. Fumée noir caoutchouc des Gauloises de René Turca, fumée de silex pour les Dunhill d'Hélène et Fernando. L'air ne circulait pas, ni les mots, juste le souffle des vapeurs recrachées. Plongé en apnée sous cette surface brumeuse, pouce et index encerclant la cigarette, Fernando imitait toujours le geste de l'homme-grenouille : tout va bien. Il regardait ses mocassins Sebago dans la brume. Depuis qu'il n'essayait plus de leur plaire, il avait l'ascendant sur toute cette famille. Il le savait. Les maisons qu'il construisait étaient solides, agrippées au sol par de profondes fondations, là pour des siècles. Avec ses ferrailles et son béton armé il colonisait cette terre, la terre des Turca, et de tous les autres, que le hasard avait fait naître ici. Fernando savait que René Turca, le cordonnier du quartier Saint-Esprit, n'était jamais allé plus loin que là où ses semelles le portaient. Il savait, les montagnes de chaussures jetées, brûlées, broyées, abandonnées dans les placards. Une vie pour rien. De la cour émanait le son étouffé de la voix d'Arthur, il chantonnait en sourdine, grattant la terre, froide et compacte comme du marbre. Que resterait-il des chaussures ressemelées par René Turca dans son atelier ? Fernando, qui mettait un point d'honneur à se débarrasser de ses mocassins dès les premières traces d'usure des talons, connaissait déjà la réponse. Depuis qu'il avait effacé leur nom de l'état civil d'Hélène, et que ni Arthur ni sa sœur ne seraient jamais des Turca, il le savait. Rien. Il ne resterait rien des Turca.

Carrière
août 1955

David s'asseyait toujours face à l'entrée, autour de la petite table blanche et ronde sur laquelle il jouait cet après-midi-là avec deux autres types du village au « Sept et Demi », un jeu couru dans ce coin du nord du Portugal. Personne ne se risquait à boire son coup dehors par une telle chaleur si bien que monsieur Colpijn avait marqué une hésitation avant d'entrer dans le bar, craignant d'être là dans une sorte de village fantôme. David avait d'abord vu une jambe traverser le rideau chaînette à l'effigie du fabricant d'engrais, puis, après un temps de pause, la tête surmontée du panama de monsieur Colpijn était apparue dans un tintement métallique discret.

– Désolé. Je peux entrer ? Vous servez ?

Derrière le comptoir, Domingos fit oui de la tête. David interrompit sa partie de cartes pour observer ce grand type dont le gilet sans manches couvrait la chemise et qui venait de faire résonner dans le petit bar le premier accent étranger jamais arrivé jusqu'ici. Il retira son panama pour s'en servir d'éventail.

– Quelle chaleur ! Je pensais que vous étiez en altitude et qu'on aurait un peu d'air, mais c'est irrespirable.

– Quand il fait chaud, il fait chaud, répondit Domingos. Vous prendrez quoi ?

– Une bière fraîche si vous avez ça.

– Super Bock.

– Va pour la Super Bock.

C'est là que l'atmosphère s'était détendue car jusqu'alors les quatre occupants du bar étaient mal à l'aise avec monsieur Colpijn. Il leur faisait l'impression de s'être trompé d'endroit et chacun s'imaginait que l'élégant étranger passait en revue ses chaussures crottées ou ses mains râpeuses. Mais quand monsieur Colpijn prit sa Super Bock et la descendit d'un trait, qu'il cogna son verre sur le comptoir en réclamant, sans le moindre accent, une autre bière, la partie de cartes reprit et la température baissa de quelques degrés.

Dans le village on ne posait jamais de questions. Si monsieur Colpijn n'avait pas abordé le sujet lui-même, on lui aurait servi ses Super Bock en notant bien l'incongruité de sa présence dans le minuscule bar, mais jamais personne ne se serait risqué à lui demander les raisons de sa venue dans cet endroit où, à part le marchand d'engrais, on avait peu de visites d'étrangers depuis des décennies.

– J'étais sur le plateau, là où passe la route nationale vous savez, le long de la forêt.

– Chez les Oliveira ? demanda Domingos.

– Je ne sais pas, il y a un grand entrepôt avec des tracteurs, mais je n'ai vu personne.

– C'est chez les Oliveira.

– J'ai marché à travers les vignes vous voyez, et ensuite dans la forêt et je suis tombé sur une petite carrière.

– Oui, c'est la carrière d'ici.

– C'est charmant ces teintes de jaune dans le granit. C'est très original, je n'ai pas souvenir d'avoir vu quelque chose d'équivalent dans les autres carrières que j'ai visitées.

Il disait tout ça avec son accent qui cassait un peu les sons, mais sans la moindre faute de concordance des temps, sans chercher ses mots, comme s'il était du village mais qu'une déformation du palais l'empêchait de prononcer les phrases avec la même musique que les autres habitants.

– C'est la pierre d'ici, elle est comme ça, dit Domingos tout en sortant des Super Bock de la remise.

– Je n'ai vu personne à la carrière, pourtant elle a l'air d'être encore exploitée. Vous connaissez les propriétaires ? J'aimerais les rencontrer. Je me demande s'il n'y a pas quelque chose à faire avec le calcaire.

Quelque chose à faire avec le calcaire… En entendant cette phrase énigmatique David se demandait si l'étranger n'était pas en train de se moquer d'eux. Quelque chose à faire avec le calcaire… Que voulait-il dire ? Du fond du bar – c'est-à-dire deux mètres derrière le comptoir – David intervint :

– Moi je vous y amène si vous voulez, mais je n'ai qu'un vieux cheval, alors si vous avez une voiture, on ira plus vite.

Monsieur Colpijn posa discrètement un billet de mille escudos en sortant, réglant ses deux bières, ainsi que les consommations des trois autres.

Malgré ses dix-sept ans David n'était pas impressionné au milieu des portraits de famille ornant le salon où ils attendaient que monsieur Da Cunha les reçoive. Après une dizaine de minutes il les avait rejoints, saluant David d'un signe de tête entendu et monsieur Colpijn d'une poignée de main ferme. Il leur proposa immédiatement un verre de *vinho verde*, de son exploitation. Monsieur Da Cunha, en plus de ses activités agricoles, était également le maire du village, et monsieur Colpijn comprit qu'avec lui, il faudrait faire preuve d'une déférence un peu grotesque. David assistait à l'entretien, personne n'avait pensé à le remercier, aussi contemplait-il avec étonnement les chemins de traverse qu'empruntait la conversation. L'étranger étalait son *curriculum vitae* en veillant à la modestie des termes employés afin d'apparaître suffisamment important pour discuter avec le maire, sans jamais lui montrer qu'il était plus important que lui. Surtout, ne pas le froisser. À plusieurs reprises les mots furent chargés de tout ce qui pouvait les rapetisser : il était un petit ingénieur dans une jeune société qui testait des nouvelles méthodes pour créer du ciment plus solide. Il insistait sur l'aspect expérimental de son travail et l'équipe réduite qui travaillait à ses côtés. Il avait pris quelques jours pour rentrer en France par la route et se perdre un peu. C'était le meilleur moyen de découvrir un pays disait-il. Monsieur Da Cunha qui n'était jamais allé au-delà de la bourgade d'à côté qu'on appelait ici « la ville » abondait. Après de longs développements sur ses terres, ses responsabilités et ses espoirs dans les orientations de l'*Estado Novo*[1], ils en vinrent à parler de la carrière. Pour aller plus loin dans la discussion, monsieur Da Cunha jugea qu'il fallait se rendre sur place. Ce serait pour lui une occasion de voir ce site où il n'avait plus mis les pieds depuis son ouverture, sept ans auparavant, le jour où António de Oliveira Salazar célébrait ses quinze ans de pouvoir.

1 L'État nouveau, nom du régime dictatorial incarné par António de Oliveira Salazar au Portugal à partir de 1933 et qui perdure après sa mort jusqu'à la révolution des Œillets le 25 avril 1974.

David n'était jamais allé jusqu'à la carrière. Elle était un peu loin du village, et il fallait traverser cette forêt qu'il n'aimait pas beaucoup. Pas tant du fait des quelques sangliers ou renards qui sortaient parfois d'un bosquet pour vous couper la route sans même vous regarder, mais plutôt à cause de la hauteur des arbres et du malaise que lui inspirait l'idée de ne pas voir le ciel. Une nuit il avait fait un drôle de rêve ; il y mettait le feu, pour dégager l'horizon. Confortablement assis à l'arrière de la voiture de monsieur Colpijn, spectateur de la tirade que monsieur Da Cunha avait démarrée en sortant de sa propriété et qui s'étirait à présent aux confins de l'arbre généalogique de la famille, David se sentait rassuré en traversant ce qui, un jour, deviendrait « la route de la mort ». La forêt qui semblait si dense lorsqu'il l'abordait à pied se révélait une petite chose dont la voiture avait eu raison en quelques minutes. Lorsqu'ils arrivèrent à la clairière qui annonçait le début de la carrière, il éprouva le court regret de ne pas y être venu plus tôt. Un instant il se sentit honteux devant l'étranger qui, en un passage, avait découvert cet endroit que lui, le garçon du village, n'avait jamais eu la curiosité de chercher. Sa surprise vint de l'implantation du site. Il s'était imaginé faire face à la carrière, il se la représentait comme une petite montagne piquée. Or le chemin surplombait la carrière et, du bord de la route, il voyait se dessiner sous lui de longs plateaux safran, comme d'immenses escaliers, qui descendaient marche par marche jusqu'à la plaine. Au lieu de boucher le panorama comme il le croyait, la carrière lui en ouvrait la voie, l'invitait au voyage, lui révélait un pan de vie, par-delà le village. David pensa aux blocs de savon que sa mère emportait au lavoir, ces gros blocs rectangulaires qu'elle concassait contre la pierre à laver pour que le morceau de savon tienne bien dans sa main lorsqu'elle frottait vigoureusement son linge. Parmi les femmes du village, c'était à qui frottait le plus fort, parmi les hommes, à qui cognait le plus fort avec sa pioche. La pierre de la carrière, d'un aspect normalement poudreux et granuleux, avait été éclatée et lissée. Une fois concassée, on aurait dit qu'elle était laquée tant elle révélait en son sein des nuances d'un jaune multiple, des stries glacées et luisantes, comme le savon.

Monsieur Colpijn étudiait l'ensemble scrupuleusement, grattant la pierre par endroits, laissant fuir entre ses doigts la poussière de granit. Il la jaugeait, la sentait, en estimait le poids, mesurait la résistance à l'érosion. Par politesse il répondait au hasard « oui » à monsieur Da Cunha, mais il ne l'écoutait plus depuis longtemps, l'affaire était sérieuse, bien plus que le pedigree du maire.

Soudain il l'interrompit :

– Combien de personnes travaillent ici ?

La carrière était vide, et en dehors d'un petit piquet de fer, aucun outil, aucun véhicule, personne.

– Quatre ou cinq, mais quand il fait chaud ils travaillent au petit matin.

Monsieur Da Cunha s'était senti pris en faute, il n'en avait pas l'habitude et avait répondu alors qu'il ignorait si la carrière était encore exploitée. Ce n'était pas la partie de ses activités qu'il préférait. La vigne, ça lui plaisait. Il y avait une certaine noblesse à passer dans les rangs des vendangeurs en chemise blanche et entendre le murmure remonter dans les allées : « c'est le patron ». Mais la carrière, à part de la poussière et du bruit…

– Écoutez, cette pierre, elle m'intéresse. Bien entendu, il m'est difficile, au coup d'œil, de bien en connaître les propriétés, mais j'aime beaucoup sa couleur, elle a une belle résistance, et je me demande s'il n'y a pas quelque chose à faire avec le calcaire.

Toujours un peu en retrait, David sourit en entendant à nouveau cette phrase. Elle avait sûrement un sens pour monsieur Colpijn. Il lui faisait l'impression d'un homme tout à fait sérieux, compétent même. Pas un illuminé.

– Je vous ai parlé de ma cimenterie.

C'était certainement le cas mais à ce moment-là monsieur Da Cunha, concentré sur la meilleure façon de faire forte impression à cet étranger, n'avait pas été attentif à ce qu'il lui racontait.

– Oui, oui, absolument. Une cimenterie. Formidable. L'industrie du futur si l'on en croit Da Costa Leite. Voyant que l'étranger ne saisissait pas la référence, il précisa : notre ministre des Finances, un homme comme il faut, le seul qui pouvait succéder à monsieur Salazar à ce poste. Vous l'ignoriez peut-être, mais notre président du Conseil a longtemps occupé cette fonction, il l'a fait avec d'autant plus d'éclat qu'il est docteur en sciences économiques, professeur à l'université de Coimbra. Un homme d'une grande valeur. Je ne sais pas d'où vous venez, mais sachez que sans lui, ce pays n'existerait plus. Dites-le bien autour de vous : sans monsieur Salazar, plus de Portugal !

– Je travaille en France aujourd'hui, mais j'ai beaucoup voyagé, je ne suis pas très attaché aux questions politiques. Permettez-moi d'en revenir à cette cimenterie.

– La France… Ah la France… Beau pays, il paraît. Je n'y suis jamais allé, mais il paraît que c'est très beau.

Monsieur Colpijn confirma d'un signe de tête, espérant reprendre le contrôle de la conversation. Peine perdue.

– Vous avez eu votre lot de communistes vous aussi ! Même des militaires au pouvoir il me semble, non ? Vous voyez, vous pouvez penser ce que vous voulez de monsieur Salazar, mais avec lui, nous sommes à l'abri de tout ça. Partager le fruit de notre travail avec des fainéants ? Non merci ! Qu'ils aillent à Leningrad s'ils veulent ! Ici, on s'organise entre nous, on suit la ligne et tout va bien. Regardez le petit – il montrait David du doigt comme s'il venait de s'apercevoir de sa présence – il a l'air malheureux ? Non ! Pourquoi ? Parce qu'il sait que la nation est solide et que nous devons tous travailler au maintien de sa grandeur ! Nous ne sommes pas isolés, nous ne sommes pas marginalisés, nous ne sommes pas abandonnés. Nous sommes, selon les mots de notre président du Conseil – et vous apprécierez son sens de la formule – nous sommes « orgueilleusement seuls ».

Il chuchota ces derniers mots pour s'assurer l'attention de son public. Pas mécontent de son analyse, il s'attendait à entendre quelques applaudissements s'élever, comme lors de la campagne des dernières municipales, quand il était venu au bar pour informer ses électeurs qu'il serait le seul candidat à sa succession.

– Très bien. Je vous l'ai dit, je ne suis pas très attaché aux questions politiques. Du moment que l'on peut travailler ensemble.

Ils s'entendirent sur le prix ; David n'en connaissait pas les détails et s'en fichait, il pensait à sa prochaine partie de Sept et Demi lorsqu'il vit monsieur Colpijn se tourner vers lui, alors que sa main serrait celle de monsieur Da Cunha pour signifier leur accord :

– Petit, tu seras mes yeux. Tu vérifieras le chargement et tu feras le voyage avec le chauffeur. Une fois en France, je te donnerai un bon prix pour ton travail.

Son regard accroché au sien il répéta : Tu seras mes yeux.

Les sourcils de monsieur Da Cunha trahirent sa surprise, et son agacement. Cet étranger avait plus confiance en un gamin illettré qu'en lui ! Après tout, ça ferait quelqu'un à blâmer si l'affaire tournait mal. Pour se consoler il imaginait le joli bénéfice qu'il réalisait en vendant des cailloux dont il avait même oublié être le propriétaire. N'en déplaise aux modernistes, si on en prenait la peine, on pouvait librement commercer dans ce pays ; bien plus qu'à Leningrad, pensa-t-il.

Fin des utopies
octobre 1982

Après cinq ans à travailler pour un patron, Fernando s'était installé à son compte en janvier 1980. Hélène avait trouvé les mots : « C'est maintenant ou jamais ! Le loyer du studio ne coûte pas grand-chose, on n'a pas d'enfants, tu es en pleine forme, on a mon salaire pour assurer les premiers mois et j'ai du temps le soir pour taper tes devis et tes factures. On n'a rien à perdre, fonce ! » Elle avait renoncé aux études pour son histoire avec Fernando, alors c'était à lui de s'élever et de les affranchir. À cette époque encore, chacun avait conscience de l'existence de cette dette, même si déjà, ses contours devenaient flous. Ses parents l'auraient aidée un peu, si elle avait voulu, mais cela supposait de faire allégeance, des contacts réguliers, des repas hebdomadaires, des coups de fil quotidiens, et chaque fois serrer les dents quand Marie-Josée ou René Turca feraient une remarque sournoise sur Fernando. Elle ne voulait pas de cette docilité achetée. Trois ans plus tôt, on cherchait une secrétaire chez

Olano Transports, on l'avait embauchée, en attendant que sa vie démarre enfin.

– J'étouffe dans cette entreprise. Les collègues, les chefs, les circulaires : je ne les supporte plus. Tous les six mois, la pression qu'ils remettent en disant qu'ils ont des difficultés, qu'il va y avoir un plan social. On travaille deux fois plus, comme si toute notre vie en dépendait. Je ne veux pas devenir comme eux.

– Bienvenue dans la vraie vie ma grande ! C'est comme ça que ça marche. Et puis ton travail, beaucoup le voudraient. Tu as ton mercredi après-midi, tes week-ends, et à 17 h 30 tu es chez toi, c'est pas si mal !

Depuis la classe de cinquième, Sonia était la seule amie d'Hélène, la seule à partager sa révolte systématique, à utiliser des gros mots inédits pour ponctuation, à quitter la pièce avec elle dans un tremblement de porte pour une remontrance. Sonia la paumée, Hélène la révoltée, deux rebelles sans autre cause que les fissures à l'ennui. Tous les autres étaient tellement sages, résignés, aveugles aux problèmes du monde et visiblement si impatients de vieillir. Du premier rang de la classe ils dessinaient déjà leur avenir, une sorte de ligne droite, grise, un premier point à la naissance, un autre à la mort, seule comptait pour eux l'orientation de cette ligne : plutôt la médecine ? le droit ? la comptabilité ? l'enseignement ? En fonction de leur choix, leur tracé suivrait ensuite en parallèle d'autres lignes semblables pour dessiner un bonheur régulier et garanti à vie. Les deux jeunes filles essayaient, pour quelques années, d'échapper à tout ça. À la sécurité de la ligne elles préféraient le charme des segments, courts, entrecroisés, incohérents, nerveux, désorientés. Le temps du segment elles donnaient tout, leurs vies en dépendaient, chaque respiration, chaque battement de cœur, rythmées par la cause ; avant qu'un autre segment ne s'invite et ne réclame à son tour leur exclusive passion. Les non-alignés, la première Dunhill, la décolonisation, la libération des femmes, un garçon, Cuba, les Pink Floyd… Et puis Sonia fut orientée vers l'enseignement technique. Très vite elle trouva son poste de femme de ménage à l'hôpital. Elles s'éloignèrent, mais, par fidélité à leur adolescence, elles s'appelaient, de temps en temps.

– Cet été on est partis en vacances, c'était la première fois. Quelques jours, pas très loin. On a fait un truc un peu bizarre, on a pris le J7 de l'entreprise, je l'ai bien nettoyé, on y a installé notre matelas, quelques provisions et on est partis à l'aventure, juste avec une carte, dans les Pyrénées. Camping sauvage : le dépaysement total. On a passé une semaine sans penser à nos problèmes. On marchait dans ces immenses forêts, sans croiser personne, pas une maison, pas une route. On serait bien là-bas. On se l'est dit d'ailleurs… S'ils me cherchent trop chez Olano on enverra tout valser pour se faire une vie là-bas. C'était… comme au début. On en a parlé tu sais. Sérieusement. On était tellement bien ! Avec l'entreprise on ne se voit plus, on n'a plus le temps de se parler, ou alors juste des soucis que ça apporte. Chaque fois qu'il pense avoir un bon chantier, il y a un imprévu, des trucs à faire en plus que le client ne veut pas payer, des types à embaucher pour finir plus vite, les intempéries. On est à l'affût du chèque dans la boîte aux lettres, tu verrais ça… On déplie tous les prospectus pour vérifier qu'aucune enveloppe ne s'y glisse. Des fois je cours après le facteur : « Vous êtes sûr que vous n'avez rien d'autre pour nous ? » On traque ce maudit fric comme si notre vie en dépendait. D'une certaine façon, notre vie en dépend. Heureusement, on a mon salaire, sans ça je ne sais pas comment on ferait.

– Il pourrait se faire embaucher à la mairie non ? Ils cherchent toujours des maçons.

– Il faut la nationalité française pour travailler à la mairie… Je le lui ai proposé une fois et il n'a pas apprécié. Il est pénible. Ne me demande pas pourquoi, mais il veut garder sa nationalité portugaise. Il passe son temps à se moquer de ce pays et des autres Portugais mais impossible de parler de naturalisation. Des fois j'ai l'impression qu'il essaie de prouver quelque chose avec tout ça. Va savoir à qui… À lui, aux autres ? Pas à moi en tout cas. J'ai fait le tour de tout ça, c'est bon, je lui ai bien dit : « On plante tout et on s'installe sur ce terrain. » On marchait dans une grande clairière, le long du Gave de Pau, il y avait tous ces arbres centenaires qui délimitaient la parcelle, et les rails de la ligne Goya, une ligne désaffectée qui passait là, jusqu'à la gare de Canfranc. Elle reliait la France à l'Espagne, mais tout est fermé maintenant, la gare est abandonnée, les trains ne circulent plus. Il reste juste le chemin de fer recouvert par l'herbe. On s'est dit, et c'était très sérieux, qu'on pourrait acheter ce terrain pour pas grand-chose, se monter une bicoque et vivre là en travaillant un peu dans les fermes autour. Moi les cueillettes, lui quelques bricoles. Je te jure. Je nous y vois. Alors franchement, chez Olano, qu'ils ne me poussent pas parce que je suis à deux doigts de tout plaquer pour ce bout de terrain.

– Tu ne serais pas en train de nous refaire un nouveau délire baba cool ? Tu ne m'avais pas parlé de partir en Afrique l'an dernier ?

Sonia depuis longtemps acceptait son sort. Son travail l'épuisait et avait séché son imagination, elle ne faisait plus de grands projets, elle ne rêvait plus, le sommeil lui permettait à peine de récupérer en attendant le ménage du lendemain. L'amertume coulait d'elle naturellement, comme un trop-plein, Hélène ne lui en voulait pas.

– Ça ne l'a jamais trop emballé mon projet humanitaire. Il ne le disait pas, mais je sentais bien qu'il me laissait parler. Là c'est différent. On en a assez de cette vie. Pour la première fois, il m'a dit : « Toute la journée, je porte des parpaings, je coule du béton, je me sens comme une machine, mon corps ne tiendra pas jusqu'à quarante ans. » Je lui ai rappelé qu'il n'avait rien à me prouver, je lui ai répété : « Une bicoque, et même le J7 pour commencer, ça ira. Sur ce bout de terrain, des bricoles dans les fermes, on vivra avec pas grand-chose mais on arrêtera de courir. » Je te jure que ça se lisait dans son regard. Lui aussi, il s'y est vu. Je le connais.

À la radio cet été, une chanson d'amour dégoulinait : *Destinée*. Dans le camion, chaque fois qu'elle en entendait les premières notes, Hélène changeait de station en maugréant. Pourtant les harmonies sucrées avaient dû faire leur chemin dans son métabolisme, activer des synapses en sommeil, oxygéner des zones endormies, ouvrir d'anciennes cellules. Pour Hélène, l'été 82 serait celui d'une utopie de plus, le retour à la terre, avec un épais vernis romantique pour masquer l'absence d'eau courante et d'électricité. À cette heure, les nuits glaciales de février le long du Gave de Pau n'existaient pas encore, on vivrait toujours en été, jeunes, en bonne santé, la nourriture abondante viendrait d'elle-même, parce qu'on était à la campagne. Une utopie de plus, qui lui permettrait une nouvelle fois de regarder vers le port de Cadaqués, ne plus voir les collègues de chez Olano, tenir bon dans sa solitude, maintenant que le cours des choses reprenait, que le J7 était rempli de sacs de ciment, que Fernando rentrait tard le soir du chantier, épuisé, et pas vraiment d'humeur à parler du terrain dans la clairière.

Et plus l'automne avançait, plus Hélène appréciait le petit chauffage du studio. Même la vue sur le cimetière avait son charme. C'était calme. Et les affaires n'allaient pas si mal. Des factures en souffrance furent même payées, moyennant de nouveaux rabais. Elle ne se résignait pas, elle se laissait convaincre par « le bon côté des choses », ce fameux angle qui vous aide à « avaler la pilule », ou à oublier de la prendre. Quand ses règles s'arrêtèrent, elle s'efforça de voir autour d'elle la beauté du monde, à grands efforts d'imagination. Les feuilles brunes des platanes recouvraient uniformément les allées du cimetière et les tombes, elle en faisait une clairière. Était-ce la vue sur les caveaux familiaux qui lui faisait penser à sa mère ? Marie-Josée Turca avait-elle rêvé d'ailleurs bucoliques avant de tomber enceinte ? S'était-elle ensuite convertie à l'idéal glacé des magazines féminins de sa coiffeuse ? Angoisse.

Au bout de quelques semaines, elle sut qu'il n'y aurait pas d'installation bohème à la campagne. Elle en vint même à craindre que le projet rejaillisse au coin d'une conversation. Elle se reprochait de ne lui avoir encore rien dit, de profiter de ces quelques semaines où elle était la seule à savoir, d'installer une relation exclusive entre elle et le futur enfant. À cause de son égoïsme, Fernando allait se sentir à l'écart. Comment allait-il réagir ? Ils n'en avaient jamais vraiment parlé, en tout cas pas sérieusement, et, avec les tensions de l'entreprise ce n'était pas le meilleur moment. Mais il serait content. Il devait certainement aimer les enfants. Et il comprendrait bien qu'il n'était pas question de s'installer en pleine nature avec un nourrisson. C'était évident. Elle n'aurait même pas à le convaincre. Elle avait voulu savourer cette joie inédite durant quelques jours. Elle se surprenait à reprendre des termes qui auraient pu provenir des magazines de sa mère. Un enfant de l'amour. Elle répétait souvent ça. L'enfant de l'amour retrouvé. L'enfant de cet été 1982 où Hélène et Fernando avaient eu la chance de revenir au début de leur histoire. Un enfant du désir, plus qu'un enfant désiré. L'enfant d'une pulsion, pas l'enfant d'un calendrier. Un élan qui bouleversait tous les plans. Les plans… Fernando… Il n'en avait jamais reparlé, mais peut-être qu'il continuait à penser au terrain le long du Gave de Pau. S'il lui disait, ce soir, en rentrant : « J'ai liquidé l'entreprise c'est bon, on file », comment allait-elle lui annoncer qu'elle était enceinte, comment pourraient-ils faire marche arrière ?

Le chantier prenait toute la place dans le studio : les habits chargés de ciment s'entassaient en attendant qu'elle les apporte à la lingerie, la machine à écrire guettait les prochains devis sur un coin de la table, les factures des fournisseurs veillaient au pied du lit et leurs discussions, de plus en plus rares, ne tournaient qu'autour de ça. Les clients, les accrochages avec l'électricien ou le plombier, la pluie qui retardait les travaux. Chaque fois, Hélène redoutait que Fernando ne lui rappelle le terrain sur la clairière et ne lui dise qu'elle avait raison et qu'il était temps de vivre autrement. Les quelques jours où elle retarda son annonce, elle s'en voulut d'avoir rêvé à haute voix toute cette histoire. Il fallait lui dire, vite, avant qu'il n'arrête tout à cause d'elle. Ce n'était pas si mal chez Olano. Et puis, ils allaient avoir besoin d'argent maintenant. Il fallait être raisonnable. S'aligner. Heureusement, ils n'avaient pas tout envoyé promener dès qu'ils étaient rentrés de leur voyage, comme elle le voulait. Ils seraient comme deux clochards aujourd'hui, dans le J7, mordu par le vent humide, en attendant la naissance du petit. Et ils feraient quoi ? Ils demanderaient de l'aide aux Turca ? Jamais ! Elle avait sa fierté. Pour son fils elle aurait peut-être accepté, mais Fernando aurait refusé. Elle en était sûre, il n'aurait pas voulu. Pas plus qu'il n'aurait demandé de l'aide à ses parents au Portugal. C'était tellement bizarre entre eux, Hélène n'y comprenait rien. Le sujet était de toute façon impossible à aborder. Non, personne ne serait venu à leur rescousse. Le petit serait né dans le J7, dans ce coin paumé. Ce serait un vétérinaire qui l'aurait accouchée, il n'y avait sûrement rien de mieux à la ronde. Plus personne n'accouchait dans ce trou. Plus personne ne venait s'installer. Le seul médecin qui s'y déplaçait venait constater votre mort. Et elle, elle avait voulu embarquer sa famille là-bas ? Elle avait voulu faire naître son fils là-bas ? Tous les soirs, Fernando lui aurait rappelé qu'ils étaient là À CAUSE D'ELLE. Que c'était son petit caprice romantique. Et maintenant on fait comment avec le gosse ? C'est moi qui vais lui faire l'école peut-être ? Tu trouves que j'ai une gueule d'instituteur ? Tu trouves que ces mains sont des mains d'instituteur ?

Non, vraiment, demain, elle travaillerait deux fois plus chez Olano, parce qu'il y avait un plan social dans l'air et que ce n'était pas le moment… Et puis le soir, quand Fernando rentrerait, elle lui dirait pour l'enfant, c'était un garçon, elle en était sûre, elle le sentait. Son Arthur. Leur Arthur. Il serait content, c'est évident. Les pères attendent toujours des fils.

Bâtisseurs
novembre 1982

António le carreleur, José le plombier, Carlos le peintre, Fernando le maçon, Sérgio l'électricien. Ils s'étaient connus adolescents dans le quartier Saint-Esprit, à une époque où les jeunes Français, inquiets face aux possibilités que leur offrait la vie, cherchaient le sens des ambitions légitimes. António, José, Carlos, Fernando, Sérgio connaissaient leur orientation : le chantier, horizon indépassable. Ils ne s'en plaignaient d'ailleurs pas, la ligne était tracée, il pouvait être réconfortant de la suivre. Quelques bagarres, des vols de vélos, des parties de foot qui finissaient mal pour des hors-jeu non sifflés, mais déjà, la gamelle, la truelle, la baraque de chantier, le camion… La vie allait se passer là. Fernando opta pour la maçonnerie, José se dit qu'il n'avait qu'à être plombier, Carlos décida donc d'aller vers la peinture, António vers le carrelage ; à Sérgio l'électricité. Ils choisirent leurs métiers comme on s'attribue un poste sur le terrain de foot à l'école primaire, en fonction des numéros qui restent. Ainsi, à tous les cinq, ils pouvaient s'associer sur des chantiers et quasiment construire une maison. Longtemps le sujet fut évoqué comme une blague, un défi de jeunesse, mais, après quelques années à construire pour les autres, un jour où ils travaillaient ensemble sur une immense maison, près du golf, il revint avec une gravité adulte. À la pause de midi, tandis qu'il faisait cuire une côte de porc sur son barbecue de fortune et qu'on peinait à distinguer l'odeur de la grillade de celle du plastique brûlé, António le carreleur avait ouvert la discussion :

– Cette baraque, on travaillerait un siècle qu'on pourrait pas se la payer...

– Faut qu'on pense à nous maintenant, tant qu'on est encore en forme et qu'on a de la force.

Quelques semaines plus tôt, Fernando avait appris qu'Hélène était enceinte, il sentait maintenant le temps écraser son dos.

– Cinq maisons... On est cinq, on se fait cinq maisons. On arrête d'en parler, on le fait. Chacun un terrain, et tous les samedis, tous les dimanches, le soir, en août quand on ferme, on s'y met. En trois ans on est propriétaires. Fernando il a raison, si on pense pas à nous, personne ne le fera.

– Sur chaque chantier on commande un peu plus de peinture, un peu plus de ciment, un peu plus de câbles. Et tout ce qui est en trop, on le récupère pour nous. On le fait ! On le décide maintenant et on s'y tient. Tous les cinq, et rien que nous !

Les cinq mousquetaires lusitaniens scellèrent leur accord en deux minutes avec ces quelques échanges, puis ils matérialisèrent leur engagement par une poignée de main dont la solennité compensait l'absence de formalisme. Ils se fixaient profondément dans les yeux, comme pour se signifier qu'après ça, aucun retour n'était possible, qu'il faudrait construire les cinq maisons, quoi qu'il en coûte. Cet engagement-là était plus fort que n'importe quelle signature sur un papier qu'aucun ne lirait. Ils engageaient, devant les témoins de leur jeunesse, leur parole d'homme, soit à peu près la seule chose qu'on peut mettre en gage quand on ne possède rien. Celui qui flancherait perdrait à jamais son humanité.

Cet élan de camaraderie communautaire eut raison de la déraisonnable installation sur la clairière, le long du Gave de Pau. Le seul sujet qui méritait toute leur attention à présent était la construction des cinq maisons. À seulement vingt-trois ans, António le carreleur avait déjà deux filles, et Magdalena sa femme en attendait une troisième pour le mois de juin. Pour compenser ce triple malheur, les autres décidèrent qu'il serait le premier à avoir sa maison. Le temps de la construction, Hélène et Fernando se mirent en quête d'un terrain. Pour les plans, Fernando avait récupéré trois projets imaginés par des architectes pour des clients à lui. Chacun choisirait sa future maison dans ce catalogue recyclé. Pas de temps à perdre. Le chantier d'António démarra bien avant le dépôt du permis de construire. D'une façon générale, les cinq maisons ne brilleraient pas par leur respect des obligations administratives, du plan local d'urbanisme ni même des conditions élémentaires de sécurité. Elles furent bâties à l'enthousiasme.

António, Magdalena et leurs filles allaient vivre dans un village aux abords de la ville, dans un endroit où les terres agricoles devenaient des terrains constructibles à mesure que l'agriculture était en crise et que les paysans entraient au conseil municipal. On commençait à peine à construire dans ces zones. Les week-ends, à part l'équipe des mousquetaires, il n'y avait personne, et l'endroit gardait des accents d'églogue qui disparaissaient tandis que le chantier engloutissait les soirées, les dimanches et les jours fériés. Fernando devint alors une sorte de prisonnier volontaire auquel Hélène rendait visite dès qu'elle avait un peu de temps. Elle arrivait le samedi midi avec des sandwichs pour tout le monde, elle mangeait là et partageait un instant avec Fernando. Ensuite il repartait travailler et elle se promenait dans ce qui restait de campagne. Avec un peu d'imagination elle pouvait se croire le long du Gave de Pau. Parfois les autres femmes venaient. Toutes portugaises. Entre elles, elles ne parlaient que portugais. Hélène saisissait par moments quelques phrases, elles évoquaient des gens qu'elle ne connaissait pas, des lieux où elle n'était jamais allée, elles riaient bruyamment, elle avait souvent l'impression qu'elles se moquaient d'elle. Si Hélène installait la table sur les madriers, il y en avait toujours une pour repasser derrière et redisposer les couverts. Quand elle apportait la salade qu'elle avait préparée dans le fatras du chantier, une dirait : « Ah, tu la fais comme ça toi, la vinaigrette ? » « Et tu n'as pas peur de venir ici alors que tu es enceinte ? » « Et le père de Fernando, il doit être content d'attendre le petit-fils ? » « Tu viens souvent ici, tu le surveilles ? » « Non, elle, tu la connais pas. » « Non, tu peux pas comprendre, c'est une histoire de chez nous. » « Chez nous une femme ça ne fume pas. Encore moins quand elle est enceinte. » « Jamais je pourrais mettre des chaussures comme les tiennes ! » Pour les sous-entendus, elles parlaient toutes un excellent français... Et leurs rires... On aurait dit qu'elles voulaient couvrir le bruit des bétonnières. Que pouvaient-elles se raconter de si drôle ? Quelle histoire méritait de tels hurlements ? Hélène y lisait des sous-titres non équivoques : « Tu n'as pas compris que tu n'es pas des nôtres, que tu as pris un mec de chez nous et qu'on n'a aucune envie de passer du temps avec toi ? Tu crois qu'on va te laisser ici toute seule avec nos maris ? Tu crois qu'on ne sait pas comment se comporte une fille comme toi ? Maintenant tu es enceinte, tu l'as bloqué le pauvre Fernando, mais ne crois surtout pas que toi et ton ventre rond vous êtes des nôtres. » Il n'y a pas de rire plus bruyant que celui qui veut condamner au silence.

Il y a quelques années, la jeune Hélène se serait moquée de cette femme qui déambulait au milieu des gravats, se passant la main sur le ventre en parlant à son bébé. Elle n'avait pas envie de parler aux autres, ni à ses collègues, ni aux femmes des autres Portugais, ni à ses parents, ni même à Sonia dont elle s'éloignait pour tenir à distance son jugement. Si Fernando avait été un peu là, elle discuterait certainement avec lui, mais il travaillait tout le temps. Elle prit l'habitude de parler à son ventre.

« Tu crois pas qu'elle pourrait venir avec nous plutôt que de se mettre à l'écart avec son gosse ? » « Vous avez vu comme il est gros ce bébé ? » « Vous trouvez qu'il ressemble à Fernando ? » Maintenant qu'Arthur, son confident, était né, elle ne faisait aucun effort avec les autres. Durant des heures, elle lui passait des disques des Pink Floyd, commentait les solos de guitare électrique, détaillait les pochettes des albums. Elle inventait sans cesse des histoires à lui raconter, faisait de chaque promenade en forêt un voyage épique en secouant les branches des platanes, imitant le coucou, mimant un jaillissement de lézard, prêtant des mots à un saule pleureur. La solitude ne lui pesait pas, elle n'était plus seule, elle avait Arthur.

Ils trouvèrent un terrain dans la partie nord de la ville, le quartier tentait de prendre ses distances avec la ZUP mais celle-ci pointait à quelques kilomètres. Impossible d'y échapper. Les agents immobiliers, dans leur jargon qui sentait l'après-rasage et les dessous-de-table, parlaient de quartier « en devenir ». Chacun était libre d'imaginer le sens de cette expression dans laquelle un attribut du sujet semblait manquer. En construisant dans une zone « en devenir », ils pariaient sur un attribut du sujet. Pour l'heure l'endroit était laid, les terres où paissaient quelques vaches reculaient devant la zone artisanale et le lotissement où Hélène et Fernando allaient construire leur maison. Celle d'António était achevée. L'arrivée d'un fils, malgré la présence d'une mère française, avait fait passer le couple devant les autres dans l'ordre d'attribution des constructions. La maison était le lot de consolation d'António, l'homme qui faisait des filles ; elle serait la récompense de Fernando, l'homme qui avait fait un fils.

Montana Grande
mars 1995

Le magasin, situé dans une zone commerciale ornée de tôles et de néons, faisait tout son possible pour paraître plus chic que ses voisins. Sur le parking, au lieu de la terre battue d'origine, le gérant avait fait couler un épais goudron noir mat sur lequel de rutilantes bandes blanches indiquaient à Fernando l'endroit où garer la Mercedes 190 D. En sortant de la voiture il ne pouvait s'empêcher d'éprouver un vague sentiment d'imposture et de gêne, comme tous les anciens pauvres échappant à leur sort.

Hélène avait dû insister pour qu'il rentre plus tôt et qu'il prenne une douche, il était encore couvert des brumes du chantier.

– Je ne te dis pas qu'il n'est pas bien notre canapé, je te dis qu'il allait très bien dans l'ancienne maison. On avait un séjour étroit, il faisait très bien dans la pièce. Mais enfin, regarde-le maintenant dans le salon, il a l'air perdu. Le premier mur est à cinq mètres derrière lui, on dirait un canapé de poupée. Ce n'est pas la peine d'avoir une belle pièce comme ça pour y poser ce petit machin.

– Bof, moi il ne me dérange pas ce petit machin, il est en bon état encore.

– Tu réagis vraiment comme un paysan portugais. Oui, il est en bon état mais ça fait quinze ans qu'on l'a. Le cuir noir brillant avec les pieds noir brillant et les liserés blancs sur les pieds ça se faisait en 1980, aujourd'hui c'est dépassé. Avec tout ce que tu travailles on peut quand même changer le canapé !

Une heure avant la fermeture, un vendredi soir, Fernando, conformément aux désirs de sa femme, choisit le futur compagnon de ses soirées, et bientôt de ses nuits.

Dès qu'il les vit entrer, le vendeur fit un signe à sa collègue : « ça, c'est pour moi ». Il s'approcha d'eux dans un mouvement contrarié par une boucle de ceinture et des doubles boutons de chemise tous un peu trop serrés. Affichant un sourire qui se voulait à la fois amical et professionnel, et qui, échouant à concilier l'inconciliable, ressemblait à une grimace, il tendit une carte de visite en papier gaufré sur laquelle figurait en lettres enluminées le nom David Frachar suivi de la précision : technico-commercial.

En prenant sa carte, Hélène s'était demandé si tous les hommes dans ce pays s'appelaient David : entre les Portugais et les fans de Johnny on ne devait pas être loin d'épuiser les stocks de David pour les cinq prochaines générations.

– David, à votre service. Si vous avez la moindre question, je suis là pour vous guider et vous conseiller. On vient juste de rentrer la gamme d'hiver, très élégante, et sachez que si un modèle vous plaît, nous pouvons vous proposer toute une gamme de tissus autre que celle exposée. Vous n'avez qu'un infime échantillon de notre savoir-faire.

Il parlait d'une voix monocorde, clinique.

Hélène tentait de semer le vendeur en regardant dans le lointain vers un fauteuil club mais Fernando restait là, amusé, détendu. Il observait ce garçon aux manières étonnantes. Quand ils avaient acheté l'ancien canapé dans une grande enseigne de mobilier, le type les avait traqués dans tout le magasin, les abreuvant d'inutiles précisions, cherchant à les convaincre de l'impérieuse nécessité d'acheter au plus vite ce canapé. À l'usure ils avaient accepté. Au contraire, David restait en retrait, passant parfois sa main d'une façon presque sensuelle sur un accoudoir en velours ou faisant mine d'être très affairé avec l'appuie-tête d'un modèle « comfort smart ». On diffusait à un niveau à peine audible un concerto d'Aranjuez interprété mollement par un pianiste certainement épuisé. David, surjouant le détachement, en fredonnait l'air. Quand il vit Hélène s'arrêter devant le modèle Montana Grande il feignit de s'éloigner encore un peu. Le regard d'Hélène se perdait à la recherche d'un vendeur, lui savait, pour l'avoir enlevé, qu'aucun prix ne figurait sur le Montana Grande. Au moment où leurs yeux se croisèrent il sentit au bout de ses doigts l'impulsion nerveuse du poisson mordant à l'hameçon. Il s'éloigna encore, elle se mit à le suivre dans les allées tandis qu'il laissait sa ligne filer pour la fatiguer.

– Évidemment, vous avez un goût très sûr, le Montana Grande est la pièce maîtresse de notre collection. Vous avez dû le voir dans notre catalogue, il est présenté en cuir crème, c'est le modèle préféré de notre égérie.

Le mot était un peu sophistiqué pour Fernando qui se sentit immédiatement renvoyé à son chantier. Hélène suivait difficilement mais tenta de reprendre la main :

– Je l'aime bien dans ce cuir gris foncé.

– Anthracite.

– Pardon ?

– Le modèle d'exposition est anthracite, c'est un très beau gris, je suis absolument d'accord avec vous, très élégant, très raffiné. Il convient aux intérieurs chics et contemporains.

Voulant montrer à quel point les mots contemporains et chics convenaient à l'intérieur de leur nouvelle maison, Hélène ajouta :

– Surtout, il est grand, et avec notre grand salon il nous faut de quoi occuper l'espace. Un canapé d'angle comme ça, ce serait parfait.

– Une méridienne.

– Pardon ?

– Le modèle d'exposition est composé d'un canapé trois places et d'une vaste méridienne permettant tout à la fois de s'allonger ou d'accueillir deux convives.

C'était au tour d'Hélène d'être renvoyée à ses limites. Aussi loin qu'elle s'en souvienne elle n'avait jamais entendu le mot méridienne. Méridien, oui, elle entrevoyait une leçon d'histoire-géographie où le nom de Greenwich drapait la salle de classe d'une aura mystérieuse et lointaine. Mais méridienne. Jamais. Que venait faire Greenwich au milieu du Montana Grande ?

Face aux deux apprentis bourgeois renvoyés tour à tour dans le minuscule carré de leur instruction, David déroula enfin la vente. Il fit d'abord convenir que le prix – obscène – était tout à fait contenu, dès lors qu'on cherchait la qualité et un certain savoir-faire. Vaincus, Hélène et Fernando ne pouvaient plus s'interposer, et encore moins négocier un tarif, cela manquerait d'élégance. Ça ne ferait ni très chic ni très contemporain. Ils ne voulaient plus passer pour des ploucs après les incidents de l'égérie, de l'anthracite et de la méridienne. Au moment où il rajouta le tarif prohibitif de la livraison, Fernando manqua de proposer de récupérer le canapé et la méridienne au magasin avec un camion de l'entreprise, mais pressentant l'affront qu'il s'apprêtait à faire à l'élégance, Hélène coupa court :

– Oh oui, livrez-nous tout ça à la villa et, s'il vous plaît, débarrassez-nous de l'ancien canapé, je ne peux plus le voir.

Fernando encaissa.

Il voulait juste déposer les armes, s'étendre et souffler en sortant du chantier. Pour Hélène, le Montana Grande était bien plus qu'un canapé, ou une méridienne, c'était une volonté non avouée d'alignement, de normalité. Une pièce de choix dans sa panoplie rassurante d'accomplissement domestique. Bien sûr, elle n'avait pas renoncé à ses idéaux, elle pouvait encore se convaincre qu'elle avait simplement trouvé, en route, quelque chose de moelleux, enveloppant, confortable. De quoi se reposer un peu, reprendre des forces. Un jour, quand elle serait en état, bien entendu, elle reprendrait la route, elle irait voir le monde, elle irait… Pour l'instant les barques dans le port de Cadaqués étaient si loin… Parfois elle pensait à la maison dans la prairie. Maintenant que les enfants étaient plus grands il faudrait peut-être tout plaquer pour s'y installer, le long du Gave de Pau. Elle avait besoin de réfléchir, de se poser, justement pour réfléchir. Pour ça il fallait un nouveau canapé, il fallait ce Montana Grande, c'était une nécessité, c'était même vital. Elle n'était pas matérialiste comme toutes ces bonnes femmes du lotissement, ces nouvelles voisines prétentieuses qui se réalisaient en achetant des meubles et des vêtements. Non, elle n'était pas comme ça, rien à voir. Elle équipait le camp de base d'où partirait, un jour, la révolution. Fernando endormi, enseveli sous les coussins, Hélène assise du bout des fesses prête à jaillir quand les circonstances le commanderaient : le Montana Grande pouvait accueillir toutes les fictions, tous les renoncements, même les hypothétiques résurrections d'un idéal de jeunesse. Pouvait-elle alors s'imaginer que, sous son air rond et avenant, avec ses inoffensifs coussins et ses accoudoirs dodus, la méridienne allait devenir sa principale rivale, celle avec laquelle Fernando n'allait pas tarder à passer ses nuits ?

La route du ciment
janvier 1956

Dès les premiers mètres, David comprit que le voyage ne serait pas un moment propice à la discussion. Il ne connaissait pas Anibal. C'était un type plus âgé, la trentaine, d'un autre village. Il était peut-être venu une fois pour le bal ou pour la procession mais David ne l'avait pas remarqué. Ces soirs-là il y a tellement de monde, entre la musique des concertinas et les *foguetes*[2] on est comme étourdis. Toute cette agitation dans un endroit habituellement endormi. On n'arrive pas à fixer son attention, au mieux on court dans les rues du village avec les autres enfants, sans vraiment savoir pourquoi. On est tout excités et les parents laissent faire pour une fois. Et puis il y a les filles. Alors Anibal… Mais pour l'heure, ce qui empêchait toute discussion c'étaient les hurlements du moteur du camion. Quand Anibal avait mis le Volvo en marche, David avait sursauté et espéré qu'à l'intérieur, on l'entendrait moins.

---

2 Sorte de feux d'artifice, souvent lancés du bout d'une canne.

Mauvaise intuition : dans l'habitacle les bruits mécaniques résonnaient, rebondissaient des fenêtres au pare-brise pour couvrir toute tentative de dialogue.

– Elle est bonne cette nouvelle route. Monsieur Salazar, ses grands travaux, c'est bon pour le pays !

– Quoi ?

– Elle est bonne cette nouvelle route !

– Quoi ?

– La route !

– Ah oui, la route !

Le camion avançait à la vitesse d'un tracteur, il y avait dans son mouvement lent, massif, lourd, une évocation éléphantesque. La grande carcasse grise marquait par de petits à-coups chaque passage de vitesse ; on croyait qu'elle allait se mettre à accélérer mais elle toussait un peu puis reprenait son allure, non sans une certaine majesté. Dans la benne, on avait entassé des blocs de granit, ils avaient appelé ça du Moleanos, ils trouvaient que ça faisait chic et contemporain. Une fois le chargement terminé, David, qui prenait à cœur son rôle – après tout il était les yeux de monsieur Colpijn – avait demandé si on allait mettre une bâche sur la cargaison. Anibal avait ri bruyamment : « T'en fais pas, on va pas nous les voler ! »

Il leur fallut une heure pour dépasser le long plateau au bord duquel les chênes centenaires attendaient patiemment leur embrasement, puis enfin « la ville ». David comprit alors qu'il n'était jamais allé aussi loin, que pour la première fois il laissait derrière lui le village, l'église, le cimetière, la maison de la famille, le bar de Domingos, tout ce qui constituait son univers. Et « la ville », cet horizon indépassable, s'effaçait dans le tremblement calme du camion. Il le pressentait lorsque, du haut de la carrière, il avait vu par-delà les montagnes. Maintenant il vivait le voyage. Bientôt il saurait. Mirandela, Bragance, Trabazos, Zamora, Valladolid, Burgos, Vitoria, Eibar, Irún. Autant de points mystérieux accrochés à sa carte routière. Une fois en Espagne il faudrait en acheter une autre pour arriver jusqu'à la cimenterie. Mais ils avaient le temps, quatre ou cinq jours, dans le meilleur des cas. D'ici là, chaque soir, David réciterait à voix haute ces noms inconnus : Bragance, Valladolid, Vitoria, en passant son index sur leur chemin, comme pour s'assurer qu'il existait bien, qu'il était palpable et qu'il pouvait ouvrir la voie avec son doigt.

Frontière fermée. Le chargement du camion avait été très long, trop pour passer ce soir. Anibal stationna le camion sur un terrain vague, face à la guérite des douaniers.

« On va dormir dans le camion ce soir, comme ça on sera les premiers à passer quand ils ouvriront, vers six ou sept heures. On va aller manger dans le petit restaurant là-bas, ils ont l'eau courante, on peut faire une toilette si tu veux. Tu as une couverture sous ton siège, pose-la contre le tableau de bord, juste au-dessus du moteur, ça va la réchauffer. C'est le Montesinho ici, la nuit va être froide. Quand on passe par la Galice c'est encore pire, à cause du vent. »

À la place des sacs de semis qui s'entassaient dans son garage, le propriétaire avait disposé deux grandes planches sur des tréteaux, cernées par de longs bancs de part et d'autre. Sur la porte du garage, avec un pinceau et de la peinture pour bateaux, il avait écrit en s'appliquant « restaurante ». Les lettres étaient bien arrondies, l'ensemble penchait juste sur la droite, comme si le dernier « e » pesait un peu trop lourd. Sur le réchaud un ragoût mêlant porc et pommes de terre gonflait dans son jus. La femme du propriétaire, qui vivait à l'étage, descendait de temps en temps pour donner un tour de cuillère en bois et éviter que la viande n'accroche. L'odeur d'oignons et de jus de viande réconfortait David, elle lui rappelait la cuisine de sa mère. Ce soir, avec la distance inédite qu'il avait mise entre eux, elle lui manquait. Il n'avait jamais connu ce vide parce qu'il n'avait jamais connu l'éloignement. Combien de nuits à dormir dans un camion ? Et ces pays étrangers, inconnus, qu'il faudrait traverser. Que se passerait-il si les Espagnols les emprisonnaient ? Pourquoi cette idée ? Ils ne faisaient rien de mal, ils transportaient des cailloux de la carrière pour monsieur Colpijn parce qu'il y avait peut-être « quelque chose à faire avec le calcaire ». Oui, mais au village, Pinto, qui se croyait plus savant que tout le monde, avait parlé des prisons espagnoles, de la police. Il avait prononcé à plusieurs reprises ce mot terrible, qui gêne tout le monde et dont on ne distingue que très mal les contours : dictature.

Ils étaient cinq ou six, piégés à la frontière pour la nuit, sauçant leur plat avec un bout de pain à la farine de maïs dans le silence de cette terre qui n'avait jamais choisi son camp. La nuit faisait taire la journée, il faudrait du temps aux hommes pour effacer le vrombissement des moteurs de leurs tympans. Demain tout recommençait.

En tournant la clé pour démarrer, Anibal entendit un rire de vieille, puis le moteur se mit en branle. David se réveilla. Finalement, malgré le froid il avait dormi, mais son angoisse montait à mesure que le camion approchait les barrières de la douane. Deux types avec des mitraillettes barraient la route. Il fallut couper le contact, ouvrir le véhicule pour qu'ils le fouillent. Les couvertures étaient encore chaudes, l'habitacle sentait la nuit et l'huile de moteur, les douaniers étaient incommodés. Le plus petit des deux voulut monter dans la benne. Il dut s'y reprendre à deux fois. Finalement l'autre grimpa le premier et le hissa à bout de bras. Ils tapaient sur les pierres pour vérifier qu'elles n'étaient pas creuses, ils regardaient entre deux cailloux si rien n'était dissimulé. Ils interrogèrent Anibal et David pour connaître leur destination, les raisons de ce trajet. Ils comptèrent leurs paquets de cigarettes pour s'assurer qu'il ne s'agissait pas d'un réseau de contrebande. Anibal avait un médaillon de saint Christophe accroché à son tableau de bord. Le petit douanier lui demanda s'il s'agissait de Lénine. Anibal sourit puis, comprenant que l'autre était sérieux, malgré le stress qu'il ressentait en voyant la mitraillette pointée sur lui et la barrière de la langue, il essaya de lui expliquer que saint Christophe était le saint patron des voyageurs, qu'il était catholique, fervent, et absolument pas communiste. Rapidement il arrêta de prononcer le mot « communiste » qui crispait le petit douanier. Ils les laissèrent patienter, une vingtaine de minutes durant lesquelles aucun véhicule ne put passer le poste frontière. Puis, sans plus d'explications, leur firent signe de passer. « Bienvenue en Espagne ! » ironisa Anibal.

Avant d'être ces zones courant d'air où les fumeurs errent au milieu des papiers gras d'emballage des sandwichs, en zigzaguant parmi les contrefaçons de maillots de foot et les clandestins tentant de vendre des moulinets de canne à pêche ou des ventilateurs manuels ; avant d'être ces zones grises où les familles modestes achètent un écran de télévision plus grand que celui qu'on peut se payer au pays ; avant d'être ces zones collantes comme le zinc du bar où pères et fils finissent de boire une bière tandis que les mères font le plein de viande, bien meilleure qu'au pays, ou moins chère paraît-il ; avant d'être ces zones sinistres où l'on remplit les coffres des voitures d'alcool qu'on boira pour oublier les sandwichs, les maillots de foot, les ventilateurs manuels, la télévision, la viande, le zinc et les kilomètres parcourus pour y arriver. Avant d'être ces territoires qui feraient matérialiser l'idée du suicide au plus optimiste ou au plus croyant de tous les hommes. Avant que le gris ne s'invite sur toutes ces façades moches et sales qui font les villes frontières. Avant tout ça, il y avait déjà la tristesse.

Aucun cimetière n'est plus désespérant qu'un mur de frontière, et après l'éprouvante rencontre avec les douaniers, David ne disposait plus d'assez d'allant pour affronter l'épreuve qui l'attendait. La traversée en plein hiver de l'Espagne franquiste, rythmée par l'agonie du moteur et les effluves d'huile de vidange chaude l'amputerait d'un morceau de jeunesse. Pour autant il était encore loin de ce que ressentirait le général Delgado[3], quand dix ans plus tard, longeant cette zone terne, il tomberait sur la PIDE[4]. Suivre la ligne. Monsieur Da Cunha évoquerait « le général Coca-Cola », pour subtilement faire comprendre à tous que derrière le militaire téméraire planait la main des Américains. Il finirait là, le général Coca-Cola, au fond d'un talus, pris dans un guet-apens, pas très loin de l'endroit où les premières illusions de jeunesse de David se perdaient. Sûr, s'il avait su pour Delgado, il aurait proposé à Anibal de faire demi-tour tant qu'il était temps de rentrer au village. Mais l'histoire ne s'écrit pas en marche arrière.

Sinistre. Il n'avait jamais eu à utiliser ce mot. Quand il s'était trouvé un jour de vent sous les grands arbres de la forêt du village il avait utilisé le mot « écrasant » pour décrire ce qu'il avait ressenti. Ne voyant plus le ciel et sentant les

3 Chef de l'opposition à Salazar.
4 Police internationale de défense de l'État : police politique de Salazar.

branches se battre, réduire les feuilles en miettes à chaque choc, ployant sous les bourrasques jusqu'à se rapprocher de sa tête, et pourtant, couvrant comme une tonnelle l'espace entre lui et le ciel, il avait dit que c'était « écrasant ». Jusqu'alors, il n'avait jamais utilisé un mot plus négatif pour parler de ses sentiments. Il est vrai qu'il en faisait rarement état. Mais dans l'habitacle du Volvo, ne pouvant parler avec Anibal, subissant le vrombissement mécanique, il en vint rapidement à goûter le charme vaporeux de l'introspection. Il avait essayé un temps d'y échapper, cherchant dans le paysage un coin de contemplation, un petit émerveillement, ou même juste un sourire, comme savent procurer les premières rencontres. Mais voilà, ils roulaient depuis des heures et dehors tout était sinistre. C'était bien le mot. Heureusement le moteur chauffait, il faisait bon à l'intérieur, rien qu'en regardant à travers la vitre il voyait le froid de ce mois de janvier 1956. Gris le ciel. Grise la route. Grises les façades de ces immeubles qui semblaient construits là où le vent arrêtait de souffler. Comme les *tumbleweeds* des westerns, il avait charrié les parpaings jusque-là, alors on avait bâti dans ce *no man's land*.

Au village, tout se tenait. L'église sur la butte, les maisons collées pour se protéger des bourrasques, la route en colimaçon pour circuler de la rue de l'école à la mairie. D'un coup d'œil on voyait comment les habitants vivaient. Là, ils roulaient des kilomètres avec des champs gris le long des routes. Puis, deux immeubles mitoyens à moitié crépis dont les fenêtres portaient des auréoles d'un gris plus soutenu. Puis plus rien pendant des kilomètres. Un feu tricolore planté au milieu d'une route déserte. Sa lumière rouge, la seule à s'échapper de tout ce gris. On restait là pendant de longues minutes, attendant qu'il vire au vert, sans qu'aucun piéton ne traverse jamais, qu'aucune voiture ne passe. Personne à l'horizon. Mais il fallait s'arrêter parce que le feu l'avait décidé et que dans ce pays il ne faisait pas bon contester l'autorité d'un sémaphore. Puis un hangar aux murs gris clair et au toit gris foncé, et un autre immeuble gris qui suait encore l'humidité ou la pluie. De temps en temps une station-service. Des types à l'intérieur qui ne parlaient pas, qui reflétaient leurs visages gris dans le fond d'une tasse de café si amer qu'on l'aurait cru préparé avec du vinaigre. Est-ce que les gens vivaient vraiment là, ou étaient-ils eux aussi en route pour une cimenterie ? Il existait peut-être une route du ciment, comme jadis une route de la soie. L'un des voyageurs avait dû renverser une citerne de béton et la poudre recouvrait tout le pays.

Au bout d'une journée Anibal et David étaient deux étrangers orgueilleusement seuls, côte à côte. Chacun s'était enfermé dans un monde intérieur aussi coloré que possible, pour ne pas sombrer. Une fois tombé dans ces univers, il faut un temps infini pour en sortir. Et la déception est telle que très vite, le cerveau donne l'ordre d'y rester tant qu'il n'y a rien de mieux dehors. Pour certains cet état dure toute une vie. Pour eux cela dura le temps d'une traversée en camion de l'Espagne. En les regardant, immobiles, l'air lugubre, plantés dans leur cabine, on aurait pu les confondre avec les pierres de leur chargement. David et Anibal, les deux premiers *rolling stones*.

Un soir Anibal en avait eu assez de dormir dans la cabine du camion, il avait pris une chambre avec deux petits lits et une douche. Il avait posé ses avant-bras, deux jambonneaux, sur le comptoir du bar de l'hôtel et demandé au patron, en s'appliquant le plus possible :

– *Chicas* ? *Mujeres* ? Il avait gratté la *jota* dans le haut de sa gorge, comme il s'imaginait que faisaient les Espagnols avec cette étrange lettre.

Le patron n'avait pas répondu. Anibal commençait à regretter d'être sorti de ses rêveries pour un résultat aussi décevant. Il ruminait. Peut-être que ce bruit de moteur permanent dans les oreilles, le mauvais sommeil des nuits dans la cabine et le mépris affiché par l'Espagnol auraient conduit à une catastrophe. « Deux étrangers tuent un respectable hôtelier ; la piste séparatiste est privilégiée. » Mais la police était vite arrivée. L'hôtelier avait appelé, au cas où. Ça ne lui plaisait pas d'avoir ces étrangers qui lui demandaient des filles. Il ne voulait pas d'histoire. Dans le doute il avait préféré les signaler aux autorités. David et Anibal furent donc longuement interrogés par la police espagnole. Non, ils n'étaient pas communistes. Non, ils n'étaient pas des espions. Non, ils n'étaient pas des terroristes. Non, ils ne préparaient pas une attaque contre les intérêts de l'Espagne. Ils apportaient des pierres dans une cimenterie, en France. L'interrogatoire dura cinq heures. Cinq heures angoissantes, à tenter de se faire comprendre et à mesurer la taille du fossé entre les deux langues : là où l'espagnol était grattement, sifflement, pointes latines aiguës, le portugais chuintait, vaporisait, ronronnait une complainte aux relents slaves. L'impatience faisait face à la nostalgie. En rentrant à l'hôtel ils eurent à peine le temps de prendre une douche. Les nerfs à vif, David ne dormit pas. Sa première insomnie aurait l'accent de Burgos.

Une maison à soi
décembre 1984

Il ne m'aime pas ce gosse. Je vois bien sa façon de me regarder, par en bas, l'œil vide, en bavant, assis sur son gros cul avec ses boucles blondes qui lui viennent de je ne sais pas qui. Je ne peux pas l'approcher, il hurle. Je pensais qu'avec les machines, peut-être. L'autre jour, j'ai essayé de le faire monter avec moi dans la cabine du Caterpillar, je faisais le terrassement autour de la maison, une grande esplanade pour qu'on joue au foot quand il sera plus grand. J'ai pris ce petit gros avec moi, dans la cabine, il écrasait mes cuisses de tout son poids. Viens dans la machine avec papa. Il s'est mis à gueuler, sans jamais me regarder, en projetant de la bave partout. Sa mère a voulu le reprendre mais je lui ai dit qu'elle le protégeait trop, qu'on allait juste faire un tour, père et fils, comme sur les camions des entreprises. J'ai montré le Caterpillar et j'ai dit « Carvalho, père et fils ». Je pensais que le bruit du moteur, les mouvements, les boutons du tableau de bord, toutes ces lumières, ça l'amuserait. Normalement les gosses adorent les machines.

Même les filles d'António veulent toujours monter avec moi pour faire un tour. Lui n'a pas arrêté une seconde de pleurer. Je me suis dit : ça va lui passer. Mais c'était de pire en pire, il remplissait la cabine avec ses hurlements. Moi je me crispais, j'essayais de creuser la terre quand même, mais il était sur mes genoux, intenable, à balancer des coups de pied et à s'étouffer de colère. Je l'ai rendu à sa mère, il s'est apaisé dans la seconde. Il est redevenu lisse, gras, luisant de bave, on dirait une motte de beurre. Jamais vu un garçon qui n'aime pas les machines.

À peine l'acte de propriété du terrain signé, Fernando s'était mis aux commandes du tractopelle. Pas de temps à perdre en attendant un permis de construire. Ce que l'agent immobilier appelait de façon bucolique un terrain vallonné était en réalité une grande pente de terre qui plongeait à pic sur une vingtaine de mètres. Avec les moyens dont ils disposaient, Hélène et Fernando ne trouveraient pas mieux, alors Fernando devrait lutter contre cette montagne pour la modeler. Le tractopelle en équilibre précaire n'était jamais loin de se renverser, la terre extraite foisonnait, quadruplait, partout des tas se formaient et semblaient ensevelir Fernando, mais lui suivait son plan : attaquer sans cesse la dune, combler les abords, creuser, entasser. Une fourmi s'agitant entre d'immenses monticules de terre. Comme s'il avait déplacé la colline, l'avait éclatée en des dizaines de petites pentes dont il aurait, un jour, enfin raison.

Il avait plu tout l'hiver, Fernando pataugeait au milieu d'un océan de boue, les chenilles crantées de l'engin devenaient lisses, agrippées par la terre trempée, sur le sol instable la machine patinait, à chaque attaque du godet on risquait le glissement de terrain. Dans la cabine, on devinait les bruits de l'extérieur étouffés par la pluie et la terre humide, la buée tiède s'invitait sur les vitres, renforçant l'impression cotonneuse qui enveloppait Fernando par moments, quand la fatigue et le ronronnement du moteur s'éternisaient et qu'il sentait sa vigilance baisser. À l'endroit où viendrait s'encastrer le salon, il tomba sur de l'argile, des mètres cubes de terre dure comme du rocher et visqueuse comme une algue une fois mouillée. Le décaissement prit du retard. Il fallut attaquer le sol avec un autre godet, une espèce de marteau-piqueur qui faisait trembler toute la machine, puis extraire les immenses plaques vacillantes en espérant qu'elles n'entraînent pas le tractopelle avec leur poids. Chaque soir, Fernando retrouvait son mur d'argile, il contemplait les nuances de couleurs qui filaient du gris au rose pâle, partout des traces brutales de l'acier du godet en troublaient l'aspect presque plastique. Des coups profonds, secs, imposés à la terre pour la marquer, gagner sur elle, cicatrices noirâtres dont on pouvait deviner le bruit, le crissement, au moment où elles se dessinaient. Fernando devait s'imposer sur les profondeurs, bras de fer avec cette terre, bras de fer de la machine, extension du sien, la terre allait reculer, il marquerait sa victoire, profonde, plantant les fondations loin, là où il serait sûr que jamais leur maison ne bougerait. Il incrusterait la pierre dans cette terre, l'injecterait dans le sol, imposerait sa verticalité, il refaçonnerait l'espace en dur, avec du béton, de l'éternel, du stable. Bientôt on aurait l'impression, non pas que la maison avait gagné sur la montagne, mais que la montagne avait harmonieusement poussé autour de la maison afin de lui offrir des terrasses suspendues et des courbes d'agrément.

Au printemps, quand le terrain fut aplani, l'équipe des Portugais débarqua, la dalle fut coulée en un samedi, partout on empilait les parpaings, on plantait des ferrailles comme des banderilles, des trous dans le sol attendaient le moment où l'on passerait des câbles ou des tuyaux. Eux sautillaient dans cet environnement piégé, ils se déplaçaient sans même ralentir parmi les obstacles. Dès que le sous-sol fut terminé, Hélène et Fernando quittèrent leur studio face au cimetière pour s'installer dans cette grande pièce dont les murs et les sols en béton brut ne voyaient jamais la lumière. « Je te préviens, je sais que chez vous ça ne vous dérange pas de vivre vingt ans dans un garage. J'ai vu les maisons au Portugal, jamais finies, où on monte un étage tous les dix ans. On quitte l'appartement pour économiser le loyer, mais je ne vais pas passer l'hiver prochain dans ce trou, pas avec un gosse. » La mise en garde était inutile, si Fernando construisait cette maison, ce n'était pas pour faire comme les autres, mais bien pour se hisser au-dessus d'eux. Il détestait les maisons inachevées et les vies rétrécies de ceux qui, comme son frère, les habitent. Cette maison serait un signal à tous ceux-là, et aussi à ce père, étranger, invisible et intouchable, retourné au pays. Il y en aurait bien un qui irait lui dire que son fils, en France, avait construit une maison de pacha. Il savait comment ils étaient, entre eux, combien ils s'espionnaient, combien ils aimaient, sous couvert de passer une information, tenter de détruire l'autre. Il connaissait le niveau sonore qui s'affaisse au moment où la phrase entre dans sa partie décisive, pour faire répéter l'autre, ou pour l'obliger à se pencher, et ainsi à avouer son intérêt. Il pouvait décrire l'œil déjà brillant de celui qui sait, qui raconte, et qui guette le moment où la pupille en face, autonome, et malgré la lutte de celui qui ne veut rien laisser paraître, va s'écarquiller. « Et la maison de ton fils, tu as vu ça ? *Ai* ! Une maison de ministre ! » Bien sûr qu'il allait finir le sous-sol, le rez-de-chaussée, et même l'étage. Et dès que les peintures seraient sèches, il les ferait tous venir, ceux du club de la gare, avec leurs femmes et leurs enfants, tous les concierges, tous les envieux qu'il ne côtoyait plus. Il se tuait à bâtir cette maison pour mettre Hélène et Arthur à l'abri, comme un homme doit le faire selon sa conception du devoir héritée des westerns de Sérgio Leone, mais aussi pour s'assurer qu'en partant, les femmes diraient à leurs maris : « Tu as vu, ils ont même une chambre d'amis ! », les enfants à leurs parents « Et dehors ça fait comme un terrain de foot », et tout ce petit monde, d'une façon ou d'une autre, ferait remonter la rumeur jusqu'au père, au Portugal : « Ton fils, en France, a réussi. »

– Votre maison, elle est plus grande que la nôtre on dirait.

– Non, c'est la même surface, c'est juste qu'on a ouvert la cuisine sur le salon, ça fait plus grand, c'est plus moderne.

– Ces bandelettes sur les murs, c'est quoi ? Le peintre n'a pas fini ?

– C'est des frises, c'est ce qui se fait dans toutes les belles maisons, on va en mettre aussi sur toutes les tapisseries des chambres.

– Et dans la salle de bains tu ne mets pas de bidet ? C'est quand même pratique.

– Non, je trouve ça répugnant.

Hélène avait renoncé à la politesse. Elle ne supportait plus la présence de ces bonnes femmes dont elle connaissait trop bien le jugement. Elles venaient le samedi, tournaient dans sa maison, inspectaient tout, faisaient leurs remarques à haute voix, ricanaient devant tout ce qui était un peu trop contemporain – le comptoir américain avec ses chaises hautes, la mezzanine dans le salon – tout ce à quoi Hélène tenait. Pour ne pas les voir elle passait ses journées à la recherche d'idées de décoration. Elle embarquait Arthur dans ses virées, tous les deux écumaient les zones industrielles pour fureter dans les magasins réservés aux professionnels. Endroits austères, purement masculins, techniques, où les mises en scène des enseignes de bricolage étaient proscrites. Pas de musique, pas d'éclairage, pas de vendeur : des entrepôts poussiéreux, et toujours au fond, une guérite éclairée au néon où elle payait avec le compte de l'entreprise. Le petit, avec son regard inanimé, voyait défiler les catalogues et échantillons de papiers peints, les nuanciers, les carrelages, les luminaires, les tissus des rideaux. Sa mère lui parlait comme elle l'aurait fait avec un adulte, avec une amie, avec Sonia, s'il n'y avait pas eu entre elles cette distance qui s'était creusée. Elle l'abreuvait de considérations esthétiques « Ça sera assorti aux meubles, ça irait bien avec la lumière de la cuisine, ça risque de faire un peu trop m'as-tu-vu... » Lui continuait invariablement de baver, trempant sa brassière et le chemisier de sa mère chaque fois qu'elle le serrait contre elle en l'inondant de mots affectueux.

Dès qu'il finissait de travailler chez un client, Fernando n'allait pas boire un coup au café, il rentrait à la maison, embrassait Hélène et le petit, puis filait dans une des pièces à finir jusqu'à la nuit. Hélène lui déposait une assiette sur un tas de parpaings, elle évitait de lui parler, il semblait absorbé par tout ce qui lui restait à faire. Il mangerait froid, quand il y penserait. Plus tard il prendrait une douche dans la salle de bains en travaux, sans chauffage, puis se glisserait en silence sous les draps gorgés d'humidité, vague souvenir des repas chez les Turca, il s'endormirait dans la minute, ses ronflements couvrant ceux d'Arthur, le chancre qui s'était incrusté au pied de leur lit le temps des travaux. La maison fut terminée à la fin août, grâce aux quinze jours de fermeture de l'entreprise qui permirent à Fernando de travailler en continu. On célébra la fin du chantier en invitant à peu près tous les Portugais de la ville ainsi que les Turca. En découvrant la maison avec ses terrasses abritées, ses deux salles de bains et sa cuisine américaine, René Turca dit à sa femme : « Tout cet argent dépensé, ils le jettent par les fenêtres. » Les Portugais quant à eux ne commentèrent pas davantage la bâtisse, ils le feraient plus tard, quand ils seraient sûrs de ne pas être entendus par les propriétaires. Pour l'heure on gloussait devant les apéritifs préparés par Hélène : la macédoine roulée dans le jambon fut accueillie avec méfiance, l'absence de chips fut soulignée, quant à sa recette de salade de morue, elle provoqua les rires agressifs des femmes et l'indifférence des maris. En scrutant leurs doigts qui tapotaient sur les carrelages pour vérifier la qualité du grès, en voyant leurs ongles glisser sur la céramique des lavabos pour toucher l'émail, en les observant claquer les portes pour contrôler l'épaisseur du bois, Fernando sut que la rumeur déformante de cette construction arriverait très vite jusqu'à Trás-os-Montes. Selon les blessures qu'on voudrait infliger à son père, la maison serait tantôt un château, tantôt une ruine mais il ne pourrait pas ignorer que son fils était l'un des premiers à avoir réussi à construire là-bas, en France.

Hélène passa la journée du lendemain à ramasser les bouteilles de bière disséminées dans le jardin. Fernando était déjà parti pour s'attaquer à la prochaine maison, celle de Sérgio, l'électricien. Durant les quatre années qui suivirent, Hélène eut l'impression de vivre seule avec son fils. Parfois le soir elle croisait Fernando qui réchauffait un plat dans la cuisine, et le week-end, avec son fils, ils passaient sur le chantier de Sérgio l'électricien, puis ce fut celui de Carlos le peintre, et enfin celui de José le plombier. Lui s'interrompait un peu pour venir les voir mais très vite un type dans le lointain hurlait pour qu'on vienne l'aider à porter une palette ou à déplacer des gravats. Elle avait renoncé à fréquenter les femmes des autres, le prix à payer fut sa nouvelle réputation de prétentieuse, le tarif lui sembla très raisonnable. La seule présence d'Arthur lui apportait tout l'épanouissement dont elle avait besoin. Bébé, il lui semblait renfermer toute la sagesse du monde, avec sa façon de ne rien fixer, de laisser ses yeux filer très loin, sûrement du côté du port de Cadaqués lui aussi, de ne pas être là, de ne pas s'intéresser aux jouets, aux machines, aux choses terrestres, c'était un petit Bouddha. Cette sagesse imaginaire perdura quand il apprit à parler. Il ne prononçait que quelques mots et le reste du temps il écoutait Hélène discourir, le regard traversant les hochets suspendus à sa poussette pour danser à l'horizon. Le soir, s'il faisait un cauchemar, il entrait doucement dans la chambre parentale, réveillait sa mère qui le raccompagnait jusqu'à son lit. Une nuit, Fernando se leva, il s'attendait à entendre la voix d'Hélène chantonnant des comptines à travers la porte de la chambre d'Arthur. Mais il n'y avait qu'un grésillement épais, comme un souffle très lourd interrompu par moments par de courtes sonneries. En s'approchant encore, il entendit, loin, couverte de sons parasites, la voix d'un homme. De nouveau le long souffle, puis, étouffée, une autre voix d'homme et des mots incompréhensibles, à peine articulés, un murmure. De nouveau le souffle. « Tu les as entendus ? Ce sont les marins. Je t'ai montré leurs gros bateaux dans le port, à côté de la cimenterie. Ils se parlent d'un bateau à l'autre et nous, avec la radio, quand il y a du vent, on peut les entendre. Là ils s'en vont, ils partent, à l'autre bout du monde. » Il n'était donc pas question de frère Jacques, ni du petit escargot, de l'éléphant qui se balançait, du meunier qui dort ou de n'importe quelle autre chanson pour enfant ; pour bercer son fils, Hélène, qui avait fait le deuil de « l'autre bout du monde », allumait la radio sur les grandes ondes, et, avec ces bribes de conversations dans des langues inconnues, espérait que les rêves du petit auraient des reflets de voyages lointains. À moins que ces échappées nocturnes ne fussent pour elle un moyen de ne pas oublier celle qu'elle avait été, comme un retour embrumé vers de vieux rêves d'ailleurs qui ne seraient jamais vraiment partis, qu'on pourrait convoquer quelques fois, en allumant la radio et en faisant glisser doucement le bouton chromé des grandes ondes. De l'autre côté de la porte, Fernando, nu, décoiffé, grelottant, l'esprit encore un peu endormi, écoutait le grésillement du poste et comprit que quelque chose, depuis longtemps certainement, s'était rompu. Il mesura la distance entre eux et lui. Les grandes ondes les transportaient loin. Ce souffle dense paraissait impossible à transpercer, comme un brouillard dans lequel eux s'échappaient, et lui n'arrivait pas à se mouvoir. Paralysé par cette brume qui épaississait à chaque instant.

Leurs navires déjà d'un cours précipité
Du superbe Océan fendaient l'immensité.
Dans la toile tendue un doux zéphyr se joue ;
L'onde amère jaillit à l'entour de la proue.[5]

Dans le même temps, l'entreprise lui réclamait davantage d'attention, il fallait rembourser le crédit, accepter d'autres chantiers pour se remettre à flot, et toujours ces problèmes de

---

5 Les strophes en italique qui figurent tout au long du texte sont des citations du poème *Les Lusiades* de Luís de Camões, traduction de F. Ragon (1842).

délais, d'intempéries, d'imprévus... Chaque année il recrutait quelques manœuvres de plus, toujours des Portugais, le plus souvent des types qui débarquaient du pays. Ils étaient une dizaine à travailler pour lui, ce qui, normalement, suffisait pour faire face aux chantiers à boucler. Mais il se méfiait d'eux, il savait qu'ils lui volaient des sacs de ciment, qu'ils prenaient les outils le week-end pour faire leurs « bricoles », que le lundi matin il y en avait toujours un pour faire semblant de se blesser sur son chantier alors qu'il s'était fait mal le week-end chez un client pour qui il travaillait au noir. Et puis ils n'avaient pas le rythme. Pour avoir le même rendement que lui, chacun aurait dû être cloné trois fois. L'après-midi c'était carrément catastrophique. Avec ce qu'ils buvaient au repas, chaque geste se faisait au ralenti, chaque déplacement avait des airs de chute, des trajectoires zombiesques. Il ne pouvait pas passer sa vie derrière eux, alors il venait sur le chantier, les insultait, et repartait. La moitié d'entre eux, vingt ans de plus que lui, corps vrillés par le poids porté, tympans éclatés par le ronronnement des bétonnières, ne se formalisaient pas et continuaient leur labeur à leur cadence. Les autres, plus jeunes, s'excusaient platement et accéléraient le rendement pour quelques heures au moins.

À force de week-ends et de jours fériés sacrifiés, la dernière maison du groupe, celle de José le plombier, fut terminée et les mousquetaires furent libérés de leur promesse. Durant les longues heures passées dans la cabine du tractopelle, bien malgré lui, l'esprit de Fernando continuait d'imaginer une vie qui démarrerait une fois les contraintes du chantier levées. Hélène et Arthur auraient attendu qu'il termine cette dernière maison et, enfin, tous les trois commenceraient leur vraie vie de famille. Avec Hélène ils retrouveraient la sensualité dessinée lors de leur voyage dans les Pyrénées. Il avait fallu mettre tout ça un peu de côté, mais à présent, il prendrait le temps de l'abandon. Pour inaugurer la nouvelle relation entre père et fils il acheta une petite cage de football qu'il disposa sur l'esplanade autour de la maison, de sorte à toujours la voir quand il était dans le canapé. Une fois la cage installée, il alla trouver son fils, dans la cuisine, en grande discussion avec Hélène. Ils échangeaient des mots d'adultes. À la radio le solo de guitare d'*Hotel California* démarrait et elle lui traduisait approximativement les paroles, tentant d'expliquer le sens de la chanson. Fernando tenait dans ses mains le ballon officiel de l'Euro 1988. Il le fit rebondir bruyamment sur le sol pour attirer leur attention. Arthur lui jeta un regard qui semblait signifier « Tu nous déranges, maman n'a pas fini de me parler. » Fernando se retint un instant, mais il en fallait davantage pour l'arrêter. Depuis des mois il pensait à ce premier entraînement, aux séances de penaltys et aux frappes enroulées qui partiraient à l'autre bout du terrain. « Tu viens ? On va jouer dehors, j'ai une surprise ! », le petit n'avait marqué aucun signe d'enthousiasme, il regarda vers sa mère, comme pour la supplier de finir son exégèse du morceau des Eagles. « Mais oui, c'est super ça, va dehors avec papa. » Il y avait dans sa voix une telle légèreté, le souffle du soulagement, comme si elle avait attendu toute sa vie ce moment. Arthur comprit qu'il n'avait pas le choix. Face à la cage, il n'eut aucune réaction, mais Fernando n'y prêta pas attention et commença à jongler. Il faisait rebondir le ballon depuis le bout de son pied jusqu'à ses cuisses, et de temps en temps il le reprenait de la tête. Focalisé sur son exercice de ménestrel il ne voyait pas Arthur lui tourner le dos et regarder sa mère. Il entendit tout de même « Oh, tu as vu chéri, tu as vu comme papa joue bien avec le ballon ? Tu ne veux pas aller jouer avec papa toi aussi ? » Le ballon tomba et Fernando s'agaça. L'entraînement dura moins de dix minutes, le temps de constater qu'Arthur, non seulement ne portait aucun intérêt au football, mais ne semblait avoir aucune aptitude à ce sport. Il était déjà retourné à la cuisine, Fernando fit encore quelques frappes dans la cage vide et se demanda si finalement, à cet endroit, il ne creuserait pas plutôt une piscine.

Paris Sexy
janvier 1956

Les jours oscillaient entre éveil permanent au couchant et rêveries par-delà le tableau de bord. Anibal et David finirent de traverser l'Espagne comme deux somnambules et s'extirpèrent définitivement de leurs songes quand ils virent la frontière à Irùn. Malgré leurs chaussures vernies et leurs pantalons impeccablement repassés, les douaniers espagnols étaient gris et leurs questions tout aussi bêtes que celles de leurs homologues à la frontière portugaise. Quand enfin ils purent passer, Anibal revint à la vie :

– Tu as déjà vu la mer ?

– Quoi ?

– La mer ?

– Oui ? Quoi, la mer ?

– Tu l'as déjà vue ?

Incapable de dépasser le bruit du moteur avec sa seule voix, David fit non de la tête.

Après les quelques kilomètres nécessaires pour s'arracher à l'épouvantable paysage qui borde les frontières, ils avaient eu l'impression que quelqu'un avait rallumé la lumière. Pourtant il pleuvait. Pas un déluge agressif qui aurait retenti sur le toit du Volvo, mais une pluie fine, enveloppante, comme une petite brume qui les réveillait en douceur. Ils échouèrent sur une immense promenade où Anibal gara le camion et où, pour la première fois, David contempla l'avancée majestueuse des vagues, de l'océan jusqu'au sable. Ils faisaient face à la baie d'Hendaye. À gauche l'Espagne sombrait autant dans la dépression que la bruine, à droite s'ouvrait la France, ce pays exotique. Derrière eux se dressaient les façades de maisons bourgeoises dont les colombages, les tourelles et les *bow-windows* étaient autant d'éléments architecturaux inconnus. David avait déjà aperçu un château, à l'entrée de la ville, il connaissait aussi la maison de monsieur Da Cunha, mais jamais il n'avait vu autant de grandes demeures côte à côte. Plus loin, planté au milieu de la baie, véritablement sur la plage, un palais mauresque regardait vers l'horizon, l'autre Amérique.

« C'est le casino, suis-moi, il faut que tu voies ça, c'est magnifique. » Anibal faisait la route trois ou quatre fois dans l'année, la plupart du temps pour livrer du *vinho verde* ou du porto, une fois des engrais, une machine agricole. D'habitude il était seul, il appréciait donc son autorité sur David et sa candeur.

Le ciment est comme une poussière fine, très volatile, impossible à fixer. Au repos au fond d'un sac elle peut prendre des allures de crème presque douce lorsqu'on y plonge la main. Mais assez vite quelque chose accroche la pointe des doigts, une sensation désagréable pareille à celle du coton qu'on déchire. Le ciment se faufile partout : en ouvrant un sac on en retrouve tapi dans les poils des bras, sous les ongles, jusque dans les narines où il a filé en suivant l'air inspiré. Si les cloisons nasales sont sèches, il court jusque dans le fond de la gorge où il laisse son goût de poil à gratter minéral. Les sacs eux-mêmes, bien qu'hermétiquement fermés par un premier emballage en film plastique et un second en kraft épais, sont recouverts d'une pellicule grise qui résiste à tous les enfermements. Une seule façon de le figer : le mélanger au sable et à l'eau. À cet instant, alors qu'il avait enlevé ses chaussures et ses chaussettes, que ses pieds nus s'enfonçaient dans le sable froid pour toucher, pour la première fois, l'eau de l'océan, la vie de David suivait l'itinéraire du ciment.

À travers les vitres, la lumière du soleil naissant permettait de deviner l'épaisseur de la moquette rouge sur laquelle étaient posées les tables de jeux plus grandes que tout le bar de Domingos. Au centre, un comptoir nacré brillait, son étincelle soutenue par le métal lisse de la cafetière et des tireuses de bières rassemblées au centre. On imaginait que, quelques heures auparavant, quand David et Anibal commençaient à apercevoir la frontière, les derniers noctambules finissaient leurs coupes de champagne au son d'un orchestre un peu fatigué, les poches plus vides, un sourire agonisant au coin des lèvres. Même en la voyant inerte en cette heure, David comprenait la salle, il en devinait l'agitation nocturne, les odeurs de cigarillos, de parfums français, les interjections des joueurs de cartes, le roulement des dés, le tourbillon de la roulette. Il repensa à sa table de jeu dans le bar de Domingos, aux heures passées à jouer à quatre au Sept et Demi agglutinés autour de ce minuscule îlot. Ainsi il existait un pays où des centaines de personnes se retrouvaient pour jouer dans un lieu aussi improbable que ce château oriental posé sur le sable.

– À combien on peut entrer là-dedans ? Cinq cents ? Mille ?

– Oh oui. Mille je pense, si c'est pas plus. Il y a des salles à l'étage, des salons privés, un restaurant de l'autre côté.

– Incroyable. Mais, d'où viennent tous les gens qui entrent là-dedans alors ? C'est des gens de la ville ?

– Tu sais, les gens viennent de partout dès qu'on leur donne l'espoir de gagner de l'argent ou de changer de vie. Regarde-nous !

Fasciné, David n'arrivait pas à décoller son visage de la baie vitrée. Sa respiration produisait une buée épaisse qui l'obligeait à se déplacer d'un pas, laissant derrière lui le spectre de deux mains en forme de croissant et le sébum d'un front adolescent.

« Allez, viens, j'ai encore autre chose à te montrer. » Il y avait à présent de la fierté dans la voix d'Anibal, il réparait les kilomètres de silence et l'humiliation des confrontations avec les Espagnols. David, avec l'excitation de l'enfant qui découvre la fête foraine, attendait la nouvelle attraction.

Ils prirent la direction du centre-ville, s'enfonçant par une petite route entre les maisons de maître. Cordonnerie, boucherie, mercerie, photographe, bijouterie, armurerie, restaurant, bureau de change, tailleur, tant de boutiques bien tenues, aux devantures impeccables où les vitrines rivalisaient d'acrobaties pour mettre en lumière un chapeau, un tricot de peau, du cirage, des pieds de porc ou un sac à main en cuir grainé. Mais à cette heure, seul un commerce était ouvert. Il en émanait une odeur de beurre fondu et de sucre caramélisé. David avait déjà mangé des pâtisseries faites par une femme du village dans sa cuisine, elle les portait à

Domingos pour vendre au bar, mais il n'avait jamais vu de croissants serrés les uns aux autres, projetant leurs reflets d'or sur ceux des brioches, des pains au chocolat et des madeleines. Les pâtisseries, rigoureusement feuilletées, alignées avec une précision militaire, bombaient le torse pour la parade gourmande.

« On va attendre l'ouverture du bureau de change, on prendra des francs et tu viendras goûter ça. Tu verras. Tu n'as jamais rien mangé de comparable. On dirait un nuage de beurre passé au four. Ils ne font pas comme chez nous, ils ne mettent pas de sucre dessus, ça ne colle pas aux dents, c'est à la fois croustillant et léger. Je ne sais pas comment ils font. » David salivait.

« Allez, on avance, c'est un peu plus loin, tu vas voir, tu n'as jamais vu ça, tu ne vas pas en croire tes yeux ! »

Ils se dirigeaient vers la gare, les commerces étaient moins nombreux, il s'agissait principalement de bars et de marchands de tabac. Anibal s'arrêta à un croisement, tira deux cigarettes de la poche de son pantalon, en tendit une à David. Il souriait en recrachant la première fumée ; mêlée à l'air froid et à la pluie fine elle prenait une couleur franchement blanche qui illuminait son visage.

« Regarde-moi ça. Regarde bien, tu n'as jamais vu ça. » Ouvrant la voie dans la petite rue, Anibal soulevait son gros bras et le pointait vers une façade éclairée par de grandes lettres lumineuses roses : « Slow-Club : cinéma pour adultes ». En dessous : *« se habla español »*. Encore en dessous, un titre de film : *Mademoiselle Strip-tease – Paris Sexy.* En plus petites lettres, le casting : « avec Dora Doll, Simone Paris, Agnès Laurent ». Encore en plus petites lettres, les seconds rôles : « et Bijou, Lily la pudeur et Loulou Guiness ».

David marqua un temps d'hésitation, comme s'il refusait de croire ce qu'il voyait. Il ne connaissait pas la langue, mais ce n'était pas très utile pour comprendre ce dont il retournait ici, dans cette ruelle un peu à l'écart où manifestement, à condition d'en payer le prix, on pouvait voir projetées sur un immense écran les silhouettes alanguies de Dora Doll, Simone Paris, Lily la pudeur et toutes les autres. Quel était le prix à payer pour assister à une séance ? Quand est-ce que ça ouvrait ? Il voulait en être. Il accéléra le pas vers le Slow-Club, Anibal le suivait du regard, avec amusement, comme l'aurait fait un grand frère. « Tu es trop jeune, tu ne pourras pas entrer, mais je voulais te le montrer, que tu saches ce qu'est la vie en dehors du village. Ça te donnera peut-être envie d'y revenir un jour. » David n'écoutait plus, il tentait de traduire le scénario, il tenait en trois lignes et figurait sous une affiche du film. On y voyait une dame blonde, portant une chemise de nuit, manifestement en soie, en tout cas dans un tissu très léger et vaporeux. Elle avait étonnamment gardé ses talons, comme si elle hésitait entre sortir et se coucher. À l'arrière-plan des jeunes femmes en soutien-gorge discutaient avec des hommes : un serveur, un type à la chemise de bûcheron et un notable en costume ample. Tout ce monde aurait pu se croiser lors d'une soirée au casino. Il se dégageait de l'affiche un sentiment de grande banalité, de normalité, comme s'il était courant dans ce pays de se promener en nuisette et talons. Les derniers clients du casino devaient ressembler, à peu de chose près, à cette affiche de *Mademoiselle Strip-tease*.

– Mais, moi je veux voir ça ! dit David en pointant du doigt la femme en nuisette, allant de haut en bas comme s'il pouvait d'un geste la déshabiller.

– Tu ne pourras pas entrer. Ce n'est pas important, le mieux c'est ici de toute façon. Tu vois cette affiche, ces noms, tu as vu ce pays. Tu peux tout imaginer. Crois-moi, profite. On n'est pas là pour ça. On a encore du travail. La cimenterie n'est plus très loin, deux heures de route au pire. Plus vite on décharge, plus vite on rentre. Allez, on y va.

David avait écouté Anibal, sans être convaincu. Sachant qu'il ne pouvait obtenir ce qu'il voulait, il se résigna. En reprenant le chemin de la plage, même une fois que la ruelle du cinéma fut loin derrière eux, il se retournait, espérant revoir briller dans son sillage les noms de Dora Doll, Simone Paris, Agnès Laurent et Lily la pudeur.

On voyait les immenses cheminées aux verticales autoritaires, les toits triangulaires abrupts et les enchevêtrements de tuyaux de la cimenterie à des kilomètres. De loin, la poussière minérale qui en émanait, la fumée grise qui s'en dégageait et les reflets du soleil brumeux donnaient à l'ensemble les contours flous d'un mirage. Des passerelles bardées de métal allaient d'un bâtiment à l'autre, d'énormes cylindres zigzaguaient des toits aux fenêtres dans une pente douce, évoquant un toboggan géant qu'aucun enfant n'emprunterait. Le bâtiment était l'exact contraire d'une cathédrale : seules les préoccupations purement pratiques avaient été prises en compte pour l'édifier. Pourtant, quelque chose de majestueux s'en dégageait, une espèce de puissance irrésistible devant laquelle les hommes s'inclinaient. Ici, la technique avait remplacé Dieu. Le gardien leur indiqua une place où se garer en attendant que monsieur Colpijn vienne les voir. Comme le casino, la cimenterie baignait dans l'eau, celle du fleuve cette fois. C'était une étrange manie que de construire des bâtiments au ras des flots.

– C'est pour faciliter les cargaisons, bientôt tous les transports se feront par bateau. Ils mettent leurs usines au bord de l'eau pour réduire le temps de transport, de chargement et de déchargement. Tout se fait en même temps… L'accélération des échanges… Dans quelques années on ne transportera plus rien en camion, ou alors les petites quantités, à proximité. La mer est loin de chez nous et là il n'y a que quelques cailloux, mais si ça marche et qu'ils réclament plus de Moleanos, on ira livrer au port de Viana Do Castelo ou à Porto. Tout passera par le port. On ne prendra plus la route. On ne reviendra pas.

Effectivement, en s'approchant du bord de l'eau on apercevait d'autres usines : Forges de l'Adour, Compagnie des Ateliers, Société atlantique d'engrais chimiques, SOCADOUR. Des wagonnets partaient des bâtiments jusqu'au port qu'on devinait à quelques centaines de mètres de la cimenterie, avec ses grues et deux gros cargos à quai.

– Tu as vu les deux pinardiers ? Ils viennent d'Algérie française, ils sont remplis de vin. Tu comprends qu'ici ils n'attendent pas après le *vinho verde* de monsieur Da Cunha. Voilà David, c'est ça le monde, en dehors du village : des casinos, des cinémas pour adultes, des croissants au beurre, des bateaux pleins de vin. Ne l'oublie pas une fois que tu t'assiéras dans le bar de Domingos. Garde-le en tête quand Da Cunha et tous les autres viendront te dire comment marche le monde. Penses-y. Eux, ils n'ont jamais vu tout ça, ils ne peuvent même pas vraiment l'imaginer. Moi, à mon âge, je fais avec, mais toi, peut-être…

Monsieur Colpijn finit par les recevoir un peu avant midi. Celui qui était si affable dans l'intimité du bar de Domingos quelques mois plus tôt semblait beaucoup moins disposé à discuter dans son environnement. Peut-être qu'il ne fallait pas faire preuve de trop de familiarités avec ces manœuvres portugais pour ne pas montrer aux ouvriers français qu'il lui arrivait d'être sympathique avec des subalternes. Après un refus d'augmentation des salaires une grève est vite arrivée.

– Ah, vous voilà ! Eh bien, ça a été long !

– Les douaniers espagnols nous ont fait perdre du temps, et le Volvo n'est plus tout jeune. Au-delà des quarante kilomètres heures c'est compliqué.

– Bien sûr, bien sûr, je comprends, le Volvo. Garez-vous là-bas, les gars déchargeront.

Il montrait avec agacement le bout du quai.

– Vous avez mangé ?

– Non, pas encore, on voulait livrer avant, et on n'a pas eu le temps de passer dans un bureau de change.

Monsieur Colpijn sortit de sa poche une liasse de billets et les tendit à Anibal dans un mouvement d'impatience.

– Prenez, prenez, vous avez un restaurant juste en face, une table familiale, simple, vous serez à l'aise. Prenez ce qui vous fait plaisir, et gardez la monnaie.

Il avait le même geste agacé qu'en indiquant le quai.

David assistait à la scène, déçu ; il avait imaginé autre chose. Que monsieur Colpijn lui demanderait s'il avait bien été ses yeux, s'il avait aimé le voyage, si les cailloux étaient en bon état, s'il avait bien vérifié que Da Cunha chargeait les quantités convenues. Au lieu de ça il sortit une autre liasse de billets qu'il sépara en deux et leur tendit nerveusement.

– Et ça, c'est pour vous, pour le travail. Avant de repartir, prenez quelques sacs de ciment dans le hangar là-bas, chargez ce que vous voulez, vous pourrez le revendre au pays et ça vous évitera de faire le voyage à vide. Allez, bon appétit, et bon retour.

À peine David eut-il relevé les yeux de sa liasse que l'ombre de monsieur Colpijn disparaissait dans un bâtiment où sa secrétaire devait faire patienter un rendez-vous important. Plus important que les deux Portugais et leur Moleanos certainement.

Du sentiment de honte qui suivit ce bref échange avec monsieur Colpijn, David ne dit jamais rien. Pas plus qu'il n'évoqua la paella qui leur fut servie dans la pension familiale face à la cimenterie. Des jours de trajet au ralenti, des nuits à chercher le sommeil dans une cabine de camion, un chemin de croix franquiste pour ne goûter de la France qu'un plat espagnol : son sens de l'humour avait ses limites. Il ne revint jamais non plus sur le périple du retour, sinistre comme l'aller, la découverte en moins.

À l'âge des possibles il ne gardait que les émerveillements, peut-être parce qu'ils constituaient encore un futur envisageable. Il prit l'habitude de commencer la plupart de ses phrases par « quand je suis allé en France ». Toute occasion était bonne pour convoquer les souvenirs de ce voyage épique : qu'on parle des filles, du jeu, d'une voiture, des vendanges, de la ville ou d'un but d'Eusébio, il y avait forcément une anecdote française à rattacher.

Pour moquer ce grand voyageur, Pinto l'avait surnommé « O Vasco », littéralement « le Vasco ». Le surnom resta et au village David devint Vasco, quand bien même Vasco de Gama n'avait jamais mis les pieds en France.

Berceuse
janvier 1993

« Dors Arthurinho. » Avant, elle venait toujours lui passer la main dans les cheveux et tirer la couette jusqu'à ses épaules quand il se mettait au lit. « Arthurinho. » Ces sonorités suffisaient à l'apaiser. Elle essayait de le prononcer à la portugaise, mais, en échouant, elle donnait à ce nom des accents magiques d'espéranto. Pourtant, elle s'échinait à les rouler, les « r ». Elle imaginait de gros galets ronds brassés par le museau des vagues, elle voyait la masse d'eau recouvrir les cailloux qui s'entrechoquaient, et là, dans le mouvement de l'océan, il y avait le son parfait du roulement, l'équilibre, la note gutturale et la caresse de la langue sur l'émail des dents. Rien à faire. Elle entendait le son, mais il sortait autrement, ripait dans le fond de la gorge, butait sur la glotte, grattait un peu partout dans sa bouche. Fernando, qui connaissait la rondeur naturelle des « r », se crispait quand il l'entendait égratigner le prénom de son fils. Il trouvait ça ridicule, cette lusitanisation. Arthur, lui, n'avait pas d'élément de comparaison et quand il entendait « Arthurinho » prononcé par sa mère, il ne percevait que son affection réconfortante, enveloppante comme cette couette qu'elle rajustait. Alors, dans la minute, il pouvait s'endormir.

Depuis que sa petite sœur était née, il n'y avait plus de paroles magiques pour le coucher. On lui avait collé dans sa chambre ce bébé velu qui hurlait toutes les nuits et l'empêchait de dormir. Quand sa mère venait, elle ne s'occupait que d'elle, la berçait, l'embrassait, et si par malheur Arthur faisait remarquer que lui aussi était réveillé, tout l'énervement de sa mère s'abattait sur lui. Il fit alors semblant de dormir et ses nuits devinrent d'étranges mélanges de sommeil et de lucidité. Rêves et réveils étaient recouverts par la lumière faible de la veilleuse, l'éclairage ne lui arrivait que par écho. En ouvrant les yeux il distinguait des masses sombres, des ombres en aplats de gris. Puis la fatigue lui retombait dessus et il se rendormait, sans jamais être sûr de rêver. Si seulement, une fois, elle avait pu redire « Dors Arthurinho ». Ces mots avaient disparu à jamais.

Ce matin, Hélène semblait inquiète. Arthur repensait à la nuit précédente, à ces longs moments incertains. Il visualisa une scène, d'abord trouble. Les gémissements de sa sœur qui irradiaient depuis son lit. Lui, tirant sur sa couette pour tenter de se couvrir la tête avec. Et les cris étouffés qui continuent à percer sous le duvet, qui le poursuivent jusque-là. La lumière agonisante de la veilleuse plane sur ce grand flou. Depuis son lit, il voit la masse sombre d'où sortent les cris de sa sœur. Elle ne peut pas se contenter d'être. Il faut encore qu'elle hurle, qu'elle fasse la démonstration de sa présence, qu'elle le poursuive dans la nuit, qu'elle vienne touiller soleil et lune, que ses rêves à lui ne soient plus jamais les mêmes. Jusque-là, elle vient s'imposer. Et ça hurle, et ça hurle. Et personne ne bouge. Et c'est encore sa mère qui va se réveiller. Mais cette fois elle ne viendra pas écouter les marins, elle n'allumera pas le poste de radio pour chercher les grandes ondes. Elle prendra la boule de poils contre elle, lui fera des bisous, des caresses, comme à un petit chien. La boule de poils, affreux cabot. Arthur s'est levé. Ou peut-être n'a-t-il fait qu'y croire. Cette lumière, et les cris, la nuit profonde, tout est tellement flottant. Il se voit, tâtonnant dans la chambre, se repérant lentement et caressant chaque ombre. Le coin du lit, le bureau, la chaise, le camion de pompiers au sol. Plus il avance vers le lit du bébé, plus les couleurs sont vives. À présent la veilleuse lui permet de voir clairement le teint écarlate de la petite. Une crise de colère, une hystérie. Sans raison. Juste pour le persécuter, pour bien lui faire comprendre qu'il fallait compter avec elle. À vie. Pour lui montrer comment, à n'importe quel moment, elle pouvait faire débarquer sa mère ici. Et les cris eux aussi sont de plus en plus nets. Maintenant qu'il est au-dessus d'elle, il en a plein les oreilles. Ces cris stridents, fourbes, qui ne répondent à aucun rythme, des tirs de fusil, des déclarations de guerre. Et elle crache, inonde sa barboteuse, puis, quand elle remarque sa présence, se met à postillonner en sa direction. Tiens, j'ai de la salive pour toi. Dégage ! Postillons, postillons. Pluie de crachats. Et Arthur, surplombant, avec l'impression de plus en plus claire qu'il ne rêve pas. Soudain un élan. Une espèce de force dans les mains qu'il n'arrive pas à contrôler, ou du moins à refréner. Il est trop mou, trop lymphatique. Cette force vient de plus loin, elle le possède sans qu'il puisse s'interposer. Ses mains prennent l'éléphant, le gros éléphant en peluche. Le gros et gentil éléphant. L'inoffensif. Là, il pose ses deux grosses mains, rondes et blanches, sur l'éléphant qu'il cale entre le nez et la bouche de la petite. Il voit ses yeux. La lumière est soudain puissante, comme en plein jour. Il voit son regard, elle est d'abord surprise. Comment oses-tu ? Mais l'instant d'après, ses petits yeux de peste implorent. Ils se gonflent, s'écarquillent, les vraies larmes jaillissent sans un bruit, il ne reste que des pupilles dilatées et des vaisseaux sanguins qui gagnent toute la sclère. Alors Arthur sait qu'il n'est pas en train de rêver. Il la sent gigoter sous ses mains. La force en lui se démultiplie, fait peser tout son corps vers le berceau, il est sur la pointe des pieds, tendu vers le bout de ses doigts qui concentrent cet incroyable flux d'énergie. Elle fait des sauts ridicules, comme les sardines remontées dans un filet. Elle lance ses jambes. Désespérément. Lui appuie sur l'éléphant. Elle essaie de tourner le cou, mais il appuie plus fort. On ne la voit plus bouger mais lui sent, au bout de ses doigts, qu'elle résiste encore un peu. Dans la chambre, enfin le silence. Maman, tu peux dormir. Encore un soubresaut. Peut-être un ultime réflexe. Plus rien ne bouge. Il va enfin dormir et, avec un peu de temps, tout redeviendra comme avant. Elle dira à nouveau « Dors Arthurinho. »

Ce matin, Hélène semblait inquiète. Elle lui servait le petit déjeuner avec un air de reproche. À côté, la petite renversait méticuleusement son biberon. Il avait peut-être rêvé cette scène. Ou alors quelqu'un était entré dans la chambre pour l'interrompre. Rien n'avait eu lieu. Pourtant il aurait juré que… Sa mère annonça sur un ton sec que dorénavant la petite allait dormir avec elle et Fernando. Il y avait bien eu quelque chose pour qu'une telle décision soit prise. Il n'avait pas rêvé. Il savait bien. Il savait que dans la nuit, il avait réglé le problème. Comment sa mère avait-elle su ? Troublant. Il avait bien senti cette énergie dans les mains. Cet élan. C'était réel. Était-ce ça, la puissance ? Est-ce que sa mère l'avait vu, au-dessus du berceau ? Est-ce qu'elle avait compris ce qu'il préparait, comme si elle était reliée à lui par télépathie ? Avait-il parlé dans son sommeil ? Est-ce que Fernando l'avait vu regarder sa sœur et avait dit à Hélène : « Il la regarde avec un air mauvais, un air fourbe, on ne devrait pas la laisser avec lui » ? Au moins, à présent, personne ne viendrait lui parler de l'autre cancrelat comme d'une « bonne nouvelle ». Ils ne manquaient pas d'air… « On a une bonne nouvelle à t'annoncer, tu vas avoir une petite sœur. » Lui avait bien mesuré, c'était un enfant sensible, que cette joie obscène des parents prouvait qu'il ne les contentait pas. Il ne leur suffisait pas. Ils avaient retenté leur chance pour voir si, cette fois, ils recevraient une livraison plus conforme à leurs attentes. Et qui pouvait dire que cette tristesse de petit garçon, parmi tous les sentiments égoïstes qu'elle charriait, ne remontait pas quelques éclats de lucidité ?

Maître Carvalho
mars 1995

En ouvrant la porte pour les accueillir, madame Sayer, tout en chignon soigneusement négligé, dents blanches et tenue casual, s'était exclamée : « Et voilà, il est venu avec sa petite famille ! Comme ils sont mignons tous les quatre ! » Puis, tandis qu'Hélène, pétrifiée, lui tendait les fleurs achetées quelques instants plus tôt dans une de ces boutiques où trois bouquets attendent le chaland en dépérissant – dans le doute elle avait pris le plus cher – elle avait rajouté, avec le même enthousiasme surjoué, à l'américaine : « Oh, mais il ne fallait pas, vraiment, on avait dit un repas simple juste entre nous. » Arthur, planté derrière ses parents, pinçait mécaniquement le col de sa chemise, repensant aux mots glacés de son père alors qu'il était prêt à monter dans la Mercedes 190 D : « Ah non, pas ce soir, pas ton nœud papillon, ça suffit. » D'habitude Fernando faisait remonter ses demandes par Hélène, il ne s'adressait jamais frontalement à son fils, comme si la mère devait elle aussi prendre un bout des reproches avant de les transmettre. Mais ce soir il était contrarié. Il devinait déjà que la soirée serait une épreuve où lui et les siens ne se sentiraient absolument pas à leur place. Il fallait pourtant y aller, sourire et, pour limiter la casse, ne pas trop parler, ne pas se faire remarquer avec des excentricités comme un nœud papillon. Il avait essayé d'éviter ce repas jusqu'à ce que Sayer lui dise, alors qu'il tenait sa facture en main : « Venez samedi soir avec votre petite famille, on réglera ça autour d'un dîner, ce sera plus convivial. » Il avait donc embarqué tout le monde et se trouvait maintenant là, mal à l'aise, ne sachant plus quoi faire de sa bouteille de porto hors d'âge jusqu'à ce que Sayer l'en débarrasse tout en lui servant un compliment qui ne coûtait pas grand-chose : « Eh bien, Fernando, vos enfants sont votre portrait craché. » Pour arriver à cette conclusion, l'assureur à la retraite devait souffrir d'une cataracte carabinée. Plus vraisemblablement, il n'avait pas prêté la moindre attention à Arthur, à ses boucles blondes, à ses grosses joues et à sa peau si pâle qu'il avait le teint bleui par les veines ; ni à sa sœur, une espèce de puce mate, échevelée et recroquevillée sur son nombril. Chacun dans son style était aux antipodes de Fernando, grande silhouette brune et tonique dont les cheveux crépus se détachaient toujours de la masse des ouvriers présents sur le chantier des Sayer.

Le couple avait commandé à un architecte local « une maison californienne », c'est-à-dire un ersatz d'une réalisation de Frank Lloyd Wright avec cinquante ans de retard. Pour bien faire comprendre qu'il ne s'en laisserait pas conter, Sayer avait demandé à l'architecte un « plan ouvert », en insistant – peut-être avait-il entendu cette expression à la radio – sur la « déconstruction des blocs ». La bâtisse s'étalait à présent sur l'immense terrain et avait trouvé sa place parmi les pins du quartier de Chiberta et les autres maisons « californiennes » que faisaient construire d'autres retraités parisiens soucieux d'apporter au milieu des colombages un peu d'audace et de singularité. Elle se fondait plutôt bien dans la végétation avec son toit en pente douce, ses avant-toits suspendus qui protégeaient les larges baies vitrées tandis que les murs extérieurs, en retrait, s'effaçaient pour confier le soutien de la maison à quelques murs porteurs à l'intérieur. On avait respecté les critères des maisons « prairies » au grand soulagement des Sayer qui envisageaient leur maison non pas comme un simple lieu de vie, mais plutôt comme un hommage au père de l'architecture moderne, une nouvelle bataille post mortem dans sa rivalité avec Le Corbusier.

La construction de leur ambitieux projet avait été confiée à Fernando qui supporta la présence quasi quotidienne du client sur le chantier ainsi que ses incessantes questions trahissant une confiance relative dans ses compétences. « Vous ne devez pas en faire tous les jours des maisons comme ça », « On déteste tout ce qui est traditionnel », « Faites attention, ça a l'air simple mais c'est très compliqué », « Surtout, respectez bien les dimensions des cloisons, c'est un plan ouvert »… La maison, une parmi des centaines d'autres pour Fernando, fut livrée dans les délais ce qui contraignit les Sayer à remercier le maçon en lui faisant l'honneur de l'inviter une fois à leur table.

La maison était décorée avec une certaine audace, madame Sayer parlait carrément de « parti pris ». L'œil se heurtait aux angles des meubles si bien qu'un regard suffisait à faire sentir l'inconfort des chaises et la raideur du canapé. Hélène comprit qu'elle ne disposait d'aucune référence pour commenter le choix des photographies accrochées, elle sourit quand madame Sayer lui indiqua qu'il s'agissait d'œuvres originales.

Elle n'aurait pas dit mieux, elles étaient très « originales ». Elle se dirigea vers une toile où un jaune vaguement safrané s'imposait parmi quelques autres taches de couleurs primaires. Arthur faisait des peintures comme ça quand il était petit. Elle adorait installer les gouaches, les rouleaux, les pinceaux sur la table du salon et l'aider à colorier des pages. Ensuite on exposait tout ça dans la chambre ou dans la cuisine jusqu'à ce que les couleurs ternissent et que le papier se corne. Les Sayer avaient certainement des enfants, il faudra penser à leur en parler, meubler un peu la soirée avec ça : les études, les déceptions, les beaux-enfants, l'endroit où ils vivent, toutes ces informations sans intérêt qu'on oublie immédiatement mais qui ont leur utilité dans la lutte contre le silence et la gêne. « Ah non, vous avez l'œil vous ! Non, non, celui-là par contre ce n'est pas un original ! Malheureusement ! Je l'ai fait faire à un petit copiste du XIVe, mais il fait son effet n'est-ce pas ? J'ai bien vu que vous y avez cru ! C'est tellement rare, ici, de rencontrer des gens sensibles à l'art ! Pour moi c'est vital. J'en ai besoin. C'est mon oxygène ! On a vendu notre appartement rue de Rivoli, Paris est devenu un enfer, mais on a gardé un petit T2 charmant vers Bastille. J'ai dit à mon mari : "Je veux un pied-à-terre, au moins pour la FIAC." » FIAC/RIVOLI/BASTILLE/FIACRIVOLIBASTI : les noms percutaient Hélène violemment. De quoi lui parlait-elle ? Un instant elle faillit évoquer *Jeune fille à la fenêtre* de Dalí, elle l'avait eu sous les yeux toute son adolescence, elle pourrait tenir sur le tissu plissé, l'arrondi des fesses, la promesse d'ailleurs, les barques dans le port, mais instinctivement elle sut que le peintre catalan qu'on voyait tellement à la télévision ne devait pas être en odeur de sainteté ici. Elle sourit. « Et, vous ne l'avez peut-être pas remarqué, mais en face d'*Impression III* j'ai disposé deux fauteuils Wassily ! Je trouvais très drôle de les mettre là. C'est ma petite mise en scène ! J'aurais tellement aimé avoir une galerie ! » *Impression III*, le tableau qui évoquait à Hélène une peinture d'enfant, était l'œuvre du peintre russe Wassily Kandinsky. Les fauteuils Wassily, constructions tubulaires cerclés de cuir noir, étaient une création de Marcel Breuer, designer et architecte hongrois de l'école du Bauhaus. Hélène, malheureusement, ne disposait pas de tous ces sous-titres et souriait en tripotant nerveusement son sac banane. Dans le lointain, Arthur malaxait le fantôme de son nœud papillon.

À quoi tient une soirée réussie… Madame Sayer aurait dit : à la qualité de la conversation. Oui, il y aurait pu avoir une vraie connivence autour de Marcel Breuer ce soir, si chacun y avait mis un peu du sien. C'était certain, avec d'autres convives la soirée aurait même été agréable. Des gens un peu plus cultivés qui auraient rebondi à l'évocation de ce nom : Breuer. L'un d'eux aurait pu dire quelque chose comme : « Vous le savez sans doute, mais c'est ce même Breuer qui a dessiné la ZUP. Oui, oui, les immenses barres à l'entrée de la ville, c'est lui. Quel geste, quel engagement architectural. » Ça aurait pu être une de ces soirées où l'on trouve de la poésie dans les grands ensembles, surtout quand on vit loin et qu'on est sûr de ne jamais y mettre les pieds. Fernando et sa petite famille auraient pu rester et, qui sait, passer un bon moment. Ils auraient appris des choses. Cette ouverture vers la construction de la ZUP lui aurait donné l'occasion de dire, par exemple, qu'il avait fait son premier chantier comme manœuvre débutant sur un bâtiment de la petite ZUP, une zone créée dans le prolongement des grands bâtiments de béton brut pensés par le célèbre architecte. Bien sûr, ce n'était pas le même chantier, mais enfin, il avait frôlé le mythe. Le mythe des invités de la soirée du moins, car la plupart des habitants avaient oublié que cette muraille avait été commandée à un architecte de renom et, pour la désigner, on recourait dorénavant à d'autres mots : « verrue », « aberration » ou encore « monstruosité ». Il aurait fallu quelqu'un d'un peu pointu pour expliquer le projet initial de Breuer, la nouvelle ville verticale qui surplombe et répond à la vieille ville étalée, les appartements en duplex pour séparer nuit et jour, la vue qu'on retrouve dans des lieux où l'on se méfie de l'horizon, le rythme hypnotique des fenêtres, tous ces points méticuleusement réfléchis échappant aux ignorants et à leurs jugements hâtifs. Tous ces éléments auxquels Fernando n'avait jamais pensé lui non plus, juste fasciné par le défi du béton aux lois de la pesanteur. Il aurait suffi d'un convive faisant le lien entre le fauteuil Wassily trônant dans un salon de Chiberta et les immeubles de la ZUP pour que Fernando revoie avec nostalgie l'époque de ce tout premier chantier. À quoi pensait-il quand il passait sa journée face à la bétonnière, la chargeant de cailloux concassés, de ciment, de sable, d'eau, en entendant tinter les petites pierres dans le cylindre métallique jusqu'à ce que la pâte se fasse et assimile tout le mélange ? Au bout d'un moment il ne restait plus que le vrombissement du moteur et le choc irrégulier de la pâte grise brassée par les pales qui retombait lourdement au fond de la cuve. Un invité, particulièrement féru de sociologie ou de psychanalyse, aurait même pu l'interroger, le maçon. Était-il fasciné au point de ne rien voir d'autre que ce brassage, ou imaginait-il le chemin de tous ces cailloux, éclatés dans une quelconque carrière, transportés jusqu'ici, mélangés au ciment et à l'eau pour devenir une masse malléable le temps que l'eau sèche et qu'elle fige l'ensemble à jamais dans ces immenses tours ? Si les invités étaient vraiment de qualité, l'un aurait pu citer, de tête, peut-être pas en anglais dans le texte, c'eût été un peu trop exubérant, un passage du discours de Breuer devant l'American Institute of Architects : « Ce monde de pierre sur pierre, de perspectives, de poids et de matériaux, de blocs grands et petits, de portées longues et courtes, de vies pleines de soleil ou d'ombre, de l'horizon des bâtiments et des villes : tout ce monde inanimé est vivant. » Alors là, oui, madame Sayer aurait passé une belle soirée. Tout à coup, sa mise en scène autour des chaises et du tableau aurait pris tout son sens. Elle aurait à son tour raconté une anecdote sur Kandinsky, ou mieux encore, elle aurait pu évoquer cette exposition assez décevante, *L'hiver de l'amour*, dans laquelle elle avait erré quelques mois plus tôt, au musée d'Art moderne de la Ville de Paris. On aurait parlé déclin de l'art contemporain et des noms d'artistes inconnus du reste du monde auraient survolé le saumon en papillote en attendant le granité de pamplemousse.

Mais les convives, il fallut se rendre à l'évidence, n'étaient pas de cette qualité. « Tout ce monde inanimé est vivant. » Ce soir-là, la citation de l'architecte s'appliquait plutôt à l'ambiance qui régnait autour de la table où Sayer, sans plus vraiment tenir compte de l'absence de réaction de son auditoire, monopolisait la parole. C'était toujours le risque, quand on invitait un seul couple, et qu'en plus il venait avec les enfants : la chasse au silence est un peu moins subtile. « Attention au canapé les enfants, c'est très fragile », « Attention avec votre verre au-dessus du tapis, il est très fragile », « Ne vous approchez pas trop du mobile, il est très fragile. » Durant l'apéritif, Arthur et sa sœur, chacun suspendu sur son fauteuil Wassily, calaient leur respiration sur le rythme des consignes de madame Sayer. Les parents, qui feignaient de ne rien voir, mouraient de honte à chaque gorgée de jus de fruit. Pourvu que la glotte fasse son travail et qu'aucune goutte ne perle jusqu'au cuir des fauteuils. Pourtant les Sayer avaient repassé leur carnet d'adresses en revue, mais vraiment, il n'y avait aucun autre couple parmi leurs amis qu'ils imaginaient passer une bonne soirée avec le maçon et sa petite famille. À un moment, madame Sayer avait peut-être dit à son mari : « Mais enfin, qu'est-ce qui t'a pris de les inviter ? » Il est vrai que ce repas, alors que la maison était terminée, compliquait inutilement leur existence.

Ce que madame Sayer ignorait, c'est que son mari ne détestait pas la compagnie de Fernando. Elle l'apaisait presque, par son absence de contradiction. Face à lui, chaque fois qu'il entamait un développement, il sentait un boulevard reposant, une allée large, où l'on peut circuler un peu plus vite, sans obstacle, sans ceinture de sécurité, coude à la fenêtre. C'était assez différent de tous les autres échanges qu'il pouvait avoir, où systématiquement, à un moment, l'autre se sentait obligé d'apporter la contradiction, ou une précision. Fernando l'écoutait pontifier, sans grande attention, mais sans l'interrompre. Alors, sa pensée prenait de l'épaisseur, l'idée arrivait jusqu'au bout, le raisonnement s'accomplissait. Ainsi, à l'apéritif, tandis que madame Sayer contrôlait que personne ne touchait à rien, il avait expliqué en détail pourquoi Paris n'était plus la ville qu'il avait tant aimée. Ni Fernando ni Hélène n'y avaient jamais mis les pieds, ils étaient sans réaction devant les noms de boulevards cités en rafale, idem quand il fut question des lignes de bus et des nouvelles stations du métro. Hélène se répétait FIACRIVOLIBASTI, au cas où… Si on lui demandait son avis ça permettrait de donner le change quelques instants. Mais on ne lui demanda rien.

Sayer profita du passage du salon à la salle à manger pour changer de sujet. À l'apéritif il avait fait un sort à la capitale, pour le repas il ambitionnait, ni plus ni moins, que de faire le procès de la jeunesse. Rien n'allait : leurs vêtements, leur langage, leur musique, leur sexualité, leurs aspirations, leur mollesse, leur manque de curiosité, leur manque de réalisme, leur manque de gratitude envers leurs aînés, leur manque d'ambition, leur manque d'hygiène, leur manque de courage, leur manque de tout... Qui avait bien pu mettre au monde des êtres aussi incomplets ? Ce soir-là personne n'avait envie de se poser la question, on écoutait Sayer dispenser son savoir, agiter ses longues mains et son nez de Concorde vers chaque convive. « Une bonne guerre », « service militaire », « tapettes », « soixante-huitards », « projet professionnel », « dépassement de soi », « les fils de leurs mères », « le sens de l'effort ». Sayer escaladait un mur invisible, se saisissant de quelques mots-clés comme d'une prise pour progresser. Si les adultes écoutaient poliment, les enfants, confirmant les propos de Sayer, avaient de plus en plus de mal à se contenir. Les chamailleries d'abord discrètes se transformèrent progressivement en gestes brusques, « arrête ! », « laisse-moi ! », puis en rires nerveux qu'on étouffait de plus en plus difficilement. Hélène et Fernando n'osaient pas intervenir, craignant d'interrompre Sayer au milieu de sa phrase sans fin. Arthur commit l'irréparable en éclatant de rire après avoir piqué la petite cuillère de sa sœur. Le Concorde fondit sur lui :

– Et vous, jeune homme, que voulez-vous faire plus tard ?

La question arriva comme la suite logique des derniers mots de Sayer, prophète de la fin d'une civilisation, où les jeunes se lèvent sans « projet professionnel » et sans avoir la moindre idée de ce qu'est « le sens de l'effort ». Il était plus que temps que ces jeunes paient, qu'ils rendent des comptes. Et ce soir-là, faute de mieux, il y avait Arthur et ses onze ans, en train de rire comme un imbécile heureux alors que le monde courait à sa perte. S'il l'avait eu à sa portée, il lui aurait peut-être bien planté sa fourchette dans le gras de la main, cette espèce de boule de pâte à pain, mais il était à l'autre bout de la table, et puis le sang aurait pu gicler sur les photographies originales. Alors il le cloua d'un regard d'aigle affamé. Hélène et Fernando apprécièrent un instant de voir la tension se porter sur quelqu'un d'autre. Une seconde ou deux, le temps de se relâcher un peu et d'arrêter de craindre le moment, hypothétique, où on leur demanderait leur avis. Ils voyaient ce moment s'écarter et n'avaient pas encore compris que pour leur offrir ce répit, Arthur avait attiré la foudre sur lui. Il y avait eu une fenêtre de tir pour le secourir, il suffisait de le gronder, de lui dire qu'on ne se tenait pas comme ça à table. Mais Hélène avait consommé ces quelques secondes pour souffler et boire trois longues gorgées de bordeaux. Le coup était parti, le petit était seul, dans les cordes, face à l'orage. Il répondit, avec le même ton désincarné qui insupportait tant Fernando, avec cette voix neutre, sans intonation, flottante, sans la moindre aspérité, cette espèce de brume pâle qui sortait de sa bouche : « avocat ». Pourquoi avait-il répondu ça ? Peut-être parce que, instinctivement, il avait senti les attaques lancinantes des Sayer depuis le début de la soirée, peut-être qu'il mesurait le fossé entre eux, ce fossé que les Sayer s'appliquaient à exhiber sur leurs murs et que lui, sans vraiment le comprendre, arrivait à visualiser. Il avait sûrement senti la détresse de ses parents et refusait de laisser triompher Sayer. Il aurait dû répondre « je ne sais pas », c'était la vérité et c'était la réponse attendue.

Celle qui ferait que la soirée continue et que tout le monde reste de bonne humeur. Mais il n'avait pas pu. Il avait voulu clouer le bec argenté du vieux beau. Il aurait pu tout aussi bien dire « chirurgien », il y avait quelques métiers, comme ça, qui en imposent, mais au moment de répondre, c'est « avocat » qui avait jailli. Comme un boxeur qui vient d'envoyer son adversaire au tapis, il jeta un coup d'œil à la fois inquiet et fier à ses parents. Les yeux d'Hélène brillaient, elle l'imaginait déjà probablement dans sa robe, plaidant la cause des peuples opprimés comme un Vergès délavé, un Vergès en surpoids, un Vergès à boucles blondes. À ses côtés Fernando était absent, il venait de prendre un immense coup au menton, il fixait le vide jusqu'à l'incarner, à croire que toute énergie, tout élan, tout dynamisme avait quitté son corps. Empaillé. Il n'eut pas la moindre réaction quand Sayer, se remettant péniblement de son échec reprit la parole :

– Eh bien, je ne sais pas si vous vous rendez bien compte du travail que ça implique. Je vous souhaite que vos notes suivent, il n'y a pas de place pour les moyens en Droit. Vous en avez bien conscience de ça ? Le Droit, c'est à Assas, Assas ou rien. Ne pensez pas vous former dans une université de province, ce serait une catastrophe ! Vous vous en rendez bien compte n'est-ce pas ? Et puis, il ne suffira pas de travailler, il faut être brillant. Brillant vous m'entendez. Et la mémoire. Grande mémoire. Tous les textes, la jurisprudence… Vous savez ce qu'est la jurisprudence au moins ? Et l'éloquence. L'éloquence ! C'est un métier de la parole, de la prestance, vous vous en rendez bien compte, n'est-ce pas ?

Arthur, qui d'un seul mot avait vaincu, ne se donna pas la peine de répondre. Sayer passa donc sa colère sur Fernando qui lui semblait prêt à s'écrouler sur le tapis persan.

– Vous devez être fier Fernando, non ? Il ne doit pas y en avoir beaucoup, chez vous, des avocats !

Une fois encore, Arthur avait fait son numéro de sauveur. Lui pensait certainement venir en aide aux siens, mais son père le soupçonnait d'agir pour souligner la déroute familiale, et l'humilier. Comme ce jour où, dans une petite maison au Portugal, Fernando était en train de vaciller et qu'Arthur, pourtant bébé, avait senti qu'il avait un coup à jouer. Et Hélène, à l'époque déjà, alors qu'il n'avait pas prononcé le moindre mot, l'avait regardé comme le messager de Dieu. Fernando avait perçu dans son regard plus que de l'amour, une reconnaissance marinée de fascination. Ce regard-là, même aux premiers jours, elle ne l'avait jamais eu pour lui. Et voilà que dix ans plus tard, il remettait ça, sans forcer, et qu'elle lui renvoyait encore ce même regard qu'ont parfois les pèlerins les plus désespérés à Fátima. Un seul mot, sur une fréquence faible et lointaine, une fréquence semblable à celle du vieux transistor avec lequel mère et fils écoutaient les marins. « Avocat. » Un mot, et Sayer avait immédiatement perdu toute sa superbe. Un mot, et ses beaux cheveux soyeux sont subitement devenus gras, plaqués sur son front, zigzaguant parmi ses rides changées en balafre, échouant sur les contreforts d'un nez de sorcière. Exit le Concorde. Un mot et Fernando se sentait emmuré. Ses épaules, son cou, ses bras pesaient soudain une tonne. Un mot, et il était devenu un bloc de béton.

Premier du nom
mars 1995

Il aurait certainement fallu une discussion familiale sur le trajet du retour, après le repas chez les Sayer. Mais cela supposait de revenir sur une soirée désagréable et personne ne voulut la prolonger. Le malentendu prit donc ses aises, jusqu'à ressembler à la vérité.

« Avocat. » La réponse aurait satisfait la plupart des parents. Fernando faisait mine de s'en contenter. Le bulletin de notes d'Arthur, bien que contenant des faiblesses dans les disciplines scientifiques, était globalement accompagné de remarques poliment élogieuses des professeurs et révélait une moyenne plus élevée que celle de la classe dans la plupart des matières. En lisant entre les lignes on pouvait lire : « élève moyen en tout ». Mais ramené dans l'environnement familial où l'on ne parlait pas le sous-entendu scolaire, et comparé à tous les autres enfants que la famille fréquentait, on pouvait imaginer l'avocature à portée de main. À vrai dire, Fernando ne prenait pas tellement tout ça en compte pour se faire son avis. Il avait toujours eu le sentiment qu'Arthur était un baratineur soft, un débrouillard invisible, pas le genre à vous vendre une voiture ou un canapé, plutôt à longer les lignes pour avancer discrètement, sans trop se faire mal, sans trop se faire remarquer.

Il l'avait vu au foot. Pas brillant. Arthur jouait milieu droit défensif : devant les défenseurs qui couvraient ses arrières s'il ratait un tacle ; et derrière les attaquants qui ne l'attendaient pas pour marquer des buts. Pas vraiment stoppeur, pas vraiment buteur, moyen en tout. Aucun milieu droit défensif n'est mauvais parce que personne n'a jamais regardé jouer un milieu droit défensif. Aucune défaite n'est jamais imputée à un milieu droit défensif ; mais le milieu droit défensif est de toutes les victoires. Son fils était un vrai milieu droit défensif. Il l'avait encore prouvé l'autre soir, chez les Sayer, avec son tacle raté sur l'élégant Concorde. Une sortie lamentable. Le fils Guimarães, c'était une autre classe. Le petit jouait avec des types plus âgés, il faisait des stages l'été pour se perfectionner, Jean-Michel Larqué l'avait, paraît-il, repéré, il pouvait espérer une carrière de footballeur. C'était quelque chose le fils Guimarães. « La fierté des nôtres. » Il courait pendant toute la partie. On aurait dit le légendaire Rui Barros à douze ans. Il aimait l'effort, transpirait, se faisait mal, arrachait la pelouse à chaque tacle. À la fin des matchs il sortait épuisé, on pouvait croire que les protège-tibias le tenaient debout. Arthur n'avait rien du fils Guimarães.

Et si sa pratique du français lui avait donné une impression idiote de sophistication, de supériorité ? S'il avait voulu qu'Arthur fût le fils Guimarães ou n'importe lequel des autres gamins de ses compatriotes doué avec un ballon, Fernando aurait peut-être dû lui apprendre la rudesse du portugais. Il y avait renoncé, par orgueil, presque par superstition, pour faire cesser une espèce de malédiction révélée par Hélène : « C'est bizarre, tu es portugais, mais tu n'as aucun accent, ou alors un léger accent de Marseille. Tous les autres, quand ils parlent, on croirait des Lisboètes expliquant son trajet à un touriste français. Tes copains, ils vivent ici depuis dix ans, on dirait qu'ils sont encore là-bas. » Même s'il partageait son avis, cette remarque l'avait blessé. Pour une raison qu'il ne s'expliquait pas, il luttait pour se détacher de son groupe, mais dès que ce dernier était moqué, réduit, raillé, il se sentait le plus offensé de tous. Pour en être issu et s'être hissé au-dessus, il s'estimait le seul légitime à juger les Portugais de France. S'il ne devait rester qu'un seul représentant de cette espèce, ce serait lui, le dernier à s'agripper à sa carte d'identité portugaise comme à une chanson qu'on fredonne pour se consoler des paroles oubliées. Et bien qu'ayant vécu plus longtemps ici que là-bas, il refusait obstinément la naturalisation, se méfiant de ce mot désignant aussi l'empaillage d'un animal mort. Lui l'appelait, par erreur ou par grande lucidité, la « dénaturalisation ».

Manuel, David, Armando, António, João, Americo, Nuno ; tous avaient épousé des Portugaises : Fernanda, Fátima, Alberta, Linda, Luisa, Maria, Vitória. Leurs enfants portaient des prénoms discrètement portugais. Beaucoup de David. Parfois des prénoms français qu'on colorait sur le seuil de la porte d'entrée : Serge devenait Serginho quand il rentrait chez lui, là où ses parents parlaient portugais, couvrant de « r » roulés la voix des présentateurs de RTP 1 qui tournait en fond sonore permanent. Il arriva donc que les petits Serge, David et consorts, pourtant tous nés sur le sol français, disposant d'une carte d'identité française et ayant suivi une scolarité française, s'expriment dans une langue mixte : ni tout à fait française, ni vraiment portugaise. « Le pire, c'est qu'ils utilisent la même langue quand ils veulent parler portugais » disait Fernando atterré.

Pour couper court à cette malédiction du langage, le français était la langue officielle à la maison et ni Arthur ni sa sœur n'avaient eu à entendre la musique traînante des chuintements lusophones avant des années. Il faudrait attendre la visite d'un autre artisan, José, Vítor ou Joaquim, flanqué d'un enfant avec qui Arthur et sa sœur joueraient, pour qu'ils entendent enfin cette bouillie idiomatique. Mais, bien développée, leur oreille ne serait alors plus perméable aux accents et aux préjugés dont ils teintent les phrases.

L'image du fils Guimarães sortant du terrain les chaussettes roulottées jusqu'aux chevilles se superposait à celle d'Arthur, petit Français prétentieux du bout de table, sûr de son bon droit à s'imaginer « avocat ». Pour l'un, la première blessure signerait la fin des espoirs tandis que l'autre naviguait dans un écosystème dont Fernando ignorait tout mais qui permettait, il en était certain, de toujours retomber sur ses pieds. Les études supérieures, cette terre inconnue de Fernando et des siens, voilà où voulait se planquer l'opportuniste milieu défensif droit. Bien au chaud, derrière des montagnes de papiers, loin des chantiers, loin des bétonnières, loin des sacs de ciment, de tout ce qui suppose un peu d'effort, de tout ce qui fait un homme.

Fernando avait rêvé de maisons individuelles. Il avait partagé avec ses contemporains cette aspiration au pavillon quatre faces sur un bout de terrain. Il avait contribué à la dédensification de l'habitat, à l'occupation horizontale des espaces et à l'affirmation d'une forme décomplexée d'individualisme. Dis-le fort, je suis propriétaire et fier.

Chaque chantier était une victoire sur les logements collectifs, un engagement concret, massif, avec de profondes fondations, un acte de résistance à tout ce qui s'apparentait à l'injonction de mise en commun. Chacune de ses maisons était une trace de sa lutte, la preuve que Fernando avait pris part au grand combat de son époque. Mais pour Arthur, bien sûr, cela ne suffisait pas. Pas assez abstrait, trop terre à terre certainement. Au fond de lui, quand il avait entendu ce mot, « avocat », c'est toute sa détestation du gamin qui était remontée.

Arthur. Quel prénom ridicule. Hélène avait insisté. Un truc de Française d'après le père de Fernando : « Elle lui a donné un prénom de serviteur à ton fils. S'il veut faire le larbin il aura le bon prénom. Félicitations ! Tu ne pouvais pas l'appeler David ? Comme ton frère, comme le fils de ton frère, et comme moi ? » Parce que monsieur Da Cunha au village traînait derrière lui un homme à tout faire prénommé Artur, David le père n'avait que mépris pour ce prénom et espérait bien léguer à son fils Fernando toute sa morgue en avance sur héritage. Fernando ne répéta rien à Hélène mais il savait à quel point ce prénom était une trahison des siens. Chaque fois qu'il devait le prononcer, il entendait l'écho de son reniement, bien pire que de parler français avec l'accent de Marseille.

À mesure que remontaient ces épisodes passés, il prenait conscience de son incapacité à imaginer Arthur, le larbin, devenir « avocat ». Arthur, le serviteur, avait épuisé son capital de couleuvres à avaler avec son seul prénom. Avocat. Comment avait-il pu échouer à ce point ? Même Gonzalves avait réussi à persuader ses fils de reprendre son entreprise de peinture. Pourtant Gonzalves passait parmi tous les artisans du coin pour un authentique demeuré, et, de l'avis de tous les autres corps de métiers, il n'en existait pas un moins intéressant que celui de peintre en bâtiment. Il avait beau en rajouter sur chaque chantier, s'époumoner au moment où il devait chercher ses pinceaux et pester après le plaquiste qui n'avait pas bien fait les joints ou l'électricien qui avait mal rebouché ses saignées. Il avait beau faire ça pour se convaincre que son métier réservait son lot de surprises, requérait une technicité, faisait appel à un certain savoir-faire, personne n'était dupe et à la fin, peu importe l'épaisseur du grain de l'enduit, le peintre passait ses trois couches croisées de la couleur choisie par le client. Le plus abruti d'entre tous, ayant élevé les fils les plus bêtes, exerçant le métier le plus banal, allait leur transmettre son entreprise boiteuse.

Fernando, le dompteur des terrains sablonneux, des murs porteurs et des toits plats. Il traversait un chantier sans un regard pour les autres, grimpait dans sa minipelle et en quatre coups de godet réglait les insurmontables problèmes qui arrêtaient le chantier jusqu'à sa venue. Dans ces moments-là, son visage imperturbable menait une lutte acharnée contre ses muscles zygomatiques pour ne pas les laisser traduire l'immense joie qui remontait de son ventre et qu'il gardait égoïstement enfouie. Imitant l'attitude de Clint Eastwood et sa scène d'entrée dans *Pale rider*, il aimait donner l'impression que tout était parfaitement normal, qu'il arrivait, réglait le problème et repartait vers d'autres aventures, un autre chantier qui attendait son intervention pour reprendre son cours.

Fernando, le grand malin, celui qui présentait bien, avec qui les clients prolongeaient les réunions de chantier, celui qui s'était marié avec une Française, celui dont le fils n'avait jamais redoublé, celui qui pouvait acheter un Iveco sans même solliciter son banquier, celui qui avait cette belle petite entreprise de maçonnerie – un métier où l'on part du vide pour ériger les espaces de vie des autres – cet *über* Portugais était sommé de se réjouir à la perspective de voir son fils avec son prénom de domestique devenir avocat. Toutes ces palettes de sacs de ciment vidées à bout de bras pour finalement se faire écraser par une robe herminée.

« Tout ça pour ça » avait-il pensé quand avait retenti depuis l'autre bout de la table « Avocat ». Il n'avait aucune envie d'en sourire, de se montrer beau joueur face à la malice du destin. Il enrageait intérieurement, comme il le faisait depuis douze ans chaque fois qu'il se revoyait, imperturbable, entendant Hélène annoncer : « Moi, il n'y a qu'un prénom que j'aime vraiment. J'y tiens. Depuis toute petite j'ai toujours su que mon fils s'appellerait Arthur. » Lui, pourtant si prompt à voir venir les coups, à anticiper les combinaisons possibles, à couper de façon nette une phrase qui prenait un mauvais chemin quand un de ses salariés tentait de justifier l'existence d'un mur qui ne figurait pas sur le plan, ou lorsqu'un fournisseur essayait d'expliquer les nouveaux tarifs de l'année, qui se fichait dans ces moments-là de passer pour un radin, un sans-cœur ou un sale type pourvu que l'intérêt supérieur de l'entreprise soit pris en compte. Quand le prénom de serviteur qu'elle s'apprêtait à coller à son fils, son aîné, celui qui allait transmettre le nom ; quand ce prénom avait jailli de la bouche d'Hélène, avec toute la bassesse qu'il traînait derrière lui, qui de sa seule présence avilissait le nom de Fernando, il avait regardé au loin sans réagir. Cherchait-il une ligne de cordeau à laquelle se raccrocher ?

Plus que tout, il craignait le tranchant de son jugement. Elle dirait qu'il réfléchissait comme tous les autres Portugais, qu'il avait beau avoir perdu son accent, il gardait ses réflexes paysans et ses croyances absurdes faisant passer Rimbaud pour un laquais. Pour garder son estime il prit l'habitude de se taire.

Impasse de l'École, rue des Vignes, rue de l'Église. Au village il n'y avait pas de rue « Luís de Camões ». Au mieux, le nom du grand poète national évoquait à quelques-uns une lointaine salle de classe élémentaire. À part le père Boavista qui, en plus de sa Bible, devait bien avoir quelques livres, personne n'en avait jamais lu la moindre ligne. À tous, celles-ci resteraient donc étrangères : « *Ainsi le temps jaloux fait alterner bien et mal, plaisir et tristesse. Qui a vu le bonheur durer toujours ? Qui a vu la Fortune garder constance ?* » Loin de la patriotique et grandiloquente prose de *Os Lusíadas*, Fernando se croyait l'unique être sur Terre condamné à ne jamais connaître la trêve d'un bonheur simple et absolu. Il enviait le sourire qui figeait le visage d'Americo quand on annonçait que les grillades étaient cuites, la légèreté des bras d'António quand Porto marquait un but en Coupe des clubs champions, le claquement du revers de la main de João quand il s'essuyait les lèvres après une longue gorgée de Super Bock fraîche. Pas pour lui. Toujours, Fernando ferait cohabiter bonne nouvelle avec un manque, un plaisir avec une amputation. Sans cesse perdre pour gagner. Ainsi, dans le même mouvement il serait le premier homme de la famille à enfin transmettre son nom, et à l'agenouiller devant Arthur.

Premier homme à transmettre son nom car il en était ainsi en France, alors qu'au Portugal il peinait à expliquer pourquoi son frère portait un autre nom que le sien. À peine commençait-il à énoncer un théorème sur la façon d'attribuer les noms qu'il percutait un obstacle : « Da Cruz » primait « Pereira » même si « Pereira » aurait dû s'imposer en principe, mais il fallait intégrer tout ce qui, de près ou de loin, avait une connotation religieuse, les noms de la grand-mère, l'inattention du curé chargé de l'état civil et l'excentricité des parents qui jonglaient avec ces multiples règles faisant qu'après trois générations on pataugeait avec une cinquantaine de noms ayant chacun une bonne raison d'être. Pour se consoler de leur égarement dans ce foisonnement, les pères donnaient leur prénom aux fils. En France au contraire les femmes abandonnaient leur nom et se liaient à l'enfant par le prénom qu'elles choisissaient.

Puisque son fils était français comme sa femme, et qu'il allait le reconnaître et l'enregistrer auprès des autorités françaises, il savait que lui, puis sa descendance mâle continueraient de faire briller son nom. Se posait tout de même une légitime question : quel était son nom ? En effet, parmi les singularités patronymiques des Portugais, il en est une qui faisait difficulté : la tendance à l'accumulation, à une forme de syndrome de Diogène des noms. Buarque, Freitas, Carvalho. Cet aréopage constituait le nom de Fernando et lorsqu'il essaya d'enregistrer son fils sous ce nom, l'officier d'état civil refusa, lui demandant de choisir un nom dans le lot. Pris au dépourvu et habitué jusqu'alors à être Fernando Buarque, Freitas, Carvalho il appela Hélène pour lui faire part de cette mauvaise nouvelle.

– Buarque ça fait basque, ça ne me plaît pas. Freitas, c'est vraiment agressif, tu t'appelles comme ça toi ? Freitas ? Non, je me vois mal devenir un jour madame Freitas. Ça veut dire quoi Carvalho ?

– Carvalho ? C'est un arbre, un chêne ; ils ne sont pas allés chercher bien loin, il y en a plein la forêt autour du village.

Il n'avait pas pu s'empêcher de les dénigrer.

– Carvalho c'est bien, on n'a qu'à prendre ça.

Voilà comment, en une minute, entre la cabine téléphonique devant la sous-préfecture et la chambre de la clinique, Hélène et Fernando usèrent de leur incroyable privilège : celui de choisir leur nom.

Persistait une dernière subtilité lusitanienne : une fois qu'on avait bien fait glisser le nom de la grand-mère, effacé celui du père, fait remonter devant les autres celui qui avait une connotation religieuse, quand enfin l'édifice était en place, arrivait le surnom.

En France le recours au surnom est une pratique répandue, surtout dans les villages, mais à aucun moment la coutume ne vient se hisser au rang de loi. Au Portugal, si. Cette bizarrerie, Fernando ne pouvait l'oublier. À chaque match de foot il voyait défiler les noms floqués sur les maillots : Eusébio, Figo, Pauleta, Maniche, Simão, Oceano. Autant de surnoms donnés dans les sélections de jeunes qui devenaient à l'usage les véritables noms des joueurs.

Enfant il avait entendu le surnom « Vasco » glisser sur le comptoir du bar de Domingos mais une fois que la famille avait quitté le village pour s'établir en France, ce surnom s'était évaporé. On laisse derrière soi quelques mauvais souvenirs en les enfermant dans certains lieux. Tant qu'on n'y remet pas les pieds, ils tournent sur eux-mêmes, prisonniers de notre éloignement, jusqu'à l'oubli.

Mais il y eut ce coup de téléphone dans la nuit, annonciateur d'une mauvaise nouvelle, comme tous les coups de téléphone nocturnes. Et le spectre de Vasco revint.

L'orteil de Dieu
avril 1995

– C'est bizarre, il est tout le temps allongé sur le canapé.

– Sur la méridienne.

Certes, Hélène avait enrichi son vocabulaire suite à sa rencontre avec David Frachar mais par-delà les coquetteries terminologiques de sa mère, Arthur disait vrai. Quand il se levait le matin, Fernando était déjà parti. À la nuit tombée, la famille rassemblée autour de la table de la cuisine voyait dans le couloir glisser une ombre, filant jusqu'au salon pour échouer sur la méridienne. Simultanément, la silhouette fondait à l'horizontale sur le cuir anthracite et la télévision s'allumait. Sans un mot pour sa femme, son fils, sa fille, Fernando scrutait l'écran avec l'attention d'un séminariste zélé attendant la parole de Dieu.

Les premiers temps, lorsqu'ils passaient le long du canapé pour se rendre aux chambres, ils tentèrent d'amorcer des conversations. Un salut, ou une remarque sur ce que diffusait la télévision à ce moment-là. Rien de très important. Mais

Fernando restait immobile, moulé dans la méridienne, focalisé sur l'écran. Entendait-il seulement leurs voix ? Très vite lassés de ces monologues, Arthur et Hélène renoncèrent et prirent acte de ce qui ressemblait à un vœu de silence monacal, regrettant qu'il ne s'étende à la télévision.

Pendant quelques jours, le poste tourna jusqu'aux premières heures du matin, au moment où Fernando s'extrayait de la méridienne pour se rendre dans sa chambre et dormir dans le lit conjugal. Puis il se dispensa de ce voyage et toute la nuit on entendait les sons du tube cathodique percuter les hauts plafonds du salon cathédrale et les grandes baies vitrées qui répondaient en vibrant. À un moment Fernando mettait fin à la projection, certainement aux alentours de cinq heures du matin quand il quittait la maison. Mais personne ne le vit jamais. Simplement, en se levant, la famille trouvait la télévision éteinte et Fernando absent. La seule trace de sa présence gisait parmi les coussins enfoncés du chic et contemporain Montana Grande, ils dessinaient vaguement les contours de son corps, comme lorsqu'on se couche sur le sable.

Arthur et sa mère composèrent avec cet étranger étendu sur la méridienne. Lorsque la porte d'entrée s'ouvrait, et durant les quelques secondes qui suivaient, alors qu'on entendait le bruit de chaussures qu'on retire et le frottement des tissus du manteau qu'on pend, juste avant que la télévision ne reprenne son règne des fins de journées, ils faisaient tout leur possible pour ne pas interrompre leur conversation. Il fallait garder le fil, rester imperturbable, autant par instinct de survie que par orgueil. Ainsi ils estompaient les humiliations des premiers jours. Celles ressenties quand Hélène coupait la parole à ses enfants lorsque grattait la clé dans la porte, se précipitant vers la cuisine pour chercher le plat en disant :

« Ah, on va manger, voilà votre père. » La formule avait été répétée deux ou trois fois les premiers soirs, puis, constatant que l'odeur de son poulet grillé ou de sa salade de morue ne suffisait pas à interrompre le trajet de Fernando vers sa méridienne, il y eut un accord tacite pour faire abstraction du cérémonial de l'entrée et du coucher. Seule la petite sœur, trop enfant pour décrypter l'installation de ces nouvelles règles de survie familiale, allait et venait entre le camp de la cuisine et celui du salon. Régulièrement elle s'asseyait sur le canapé et regardait pendant un moment le film en basque, le match de football en portugais, l'émission politique en français, tout ce qui occupait l'espace sonore du salon, et par extension son père. Un soir, en passant le long du canapé pour aller se coucher, alors que sa petite sœur fixait l'écran avec l'intensité paternelle, Arthur entendit, de façon presque inintelligible : « La petite, il n'y a qu'elle qui me comprenne ici. » Pourtant son père demeurait parfaitement immobile et silencieux, drapé dans son inertie domestique. Peut-être était-ce la télévision qui avait parlé.

La disparition de Fernando dans les plis de la méridienne ouvrit pour chaque membre de la famille Carvalho un espace intérieur où déposer ses questions et se laisser aller sur une voie méditative n'offrant jamais de réponse. Dans ses moments d'errements au plus profond de lui, où il n'était plus vraiment capable de dire à quoi il pensait, Arthur aurait pu croiser le spectre du général Coca-Cola ou encore un jeune garçon dont les traits évoquaient ceux de son grand-père à dix-sept ans. David avait emprunté, à l'occasion d'un autre voyage, le même chemin. Mais lorsqu'il s'échappait en lui, Arthur évoluait dans une épaisse grisaille où l'on ne croisait personne. Une route espagnole du temps de Franco.

Quant à Hélène, elle se débattait avec un étonnant sentiment de culpabilité qui, en donnant du sens à l'insensé, constituait peut-être sa seule façon de tenir. Elle avait dû faire quelque chose de mal pour que Fernando agisse de la sorte. Les premiers jours elle passa en revue ses souvenirs à la recherche d'une hypothétique faute. L'avait-elle déçu en parlant de canapé au lieu de méridienne ? Quand elle avait confondu gris foncé et gris anthracite ? Une faute de frappe dans un devis peut-être ? Ou le gratin de potiron qui n'était pas, elle en convenait, sa meilleure réalisation culinaire ? Elle ne trouverait aucune réponse dans le silence de Fernando, pas plus que dans le bruit du téléviseur. Est-ce que tous les hommes étaient comme ça, à un certain moment de leur vie ils disparaissent ? Était-ce normal ? En appelant Sonia elle aurait pu parler, avoir des pistes, même décevantes. Elle ne l'avait pas appelée depuis plus de dix ans. La dernière fois elle avait bien compris que ses journées l'épuisaient trop pour l'écouter à peu près convenablement. De grands blancs s'étaient installés entre chaque phrase, Hélène était la seule à parler. Elle s'était sentie un peu honteuse, avec ses problèmes existentiels confiés à son amie femme de ménage. La scène était grotesque, elle se ridiculisait. Elle n'avait plus jamais appelé. L'autre non plus. Fin d'une époque, fin de l'histoire. Restaient les Turca. Mais elle n'était pas assez triste pour surmonter la honte de concéder du terrain à son père. Elle l'imaginait, planqué derrière le combiné téléphonique tenu par sa mère, souriant en levant les mains au ciel : « C'est pas faute de lui avoir dit, ces Portugais ne valent rien. » Alors Hélène portait sa culpabilité comme son sac banane, moitié fardeau, moitié bouée de sauvetage.

Qu'avait-elle pu négliger ? Peut-être était-elle moins attentive qu'aux premières années, quand il fallait séduire Fernando, et surtout, le garder. Pour lui plaire, elle avait appris le portugais grâce à un dictionnaire. Elle choisissait un mot qu'elle retenait et, n'étant pas sûre de la phonétique, elle le gardait en tête dans l'attente de le voir jaillir dans une conversation. À ce moment-là elle le fixait dans sa mémoire, le ponçait et le polissait pour lui donner l'aspect d'un mot portugais véritable, heurté à une enfance nourrie de *bacalhau*[6] et de *cozido*[7]. Fernando n'avait jamais eu le cœur de lui dire que son portugais sonnait terriblement français. Il savait qu'elle en serait attristée, et surtout qu'elle en profiterait pour redemander de lui enseigner la langue. Un des rares étés où ils avaient passé quelques jours au village, il l'entendit buter sur chaque syllabe pour commander un café. Il luttait silencieusement avec elle, comme s'il essayait de finir la phrase d'un bègue. Les clients du bar étaient, comme tous les jours, des types n'ayant jamais quitté le village, soit qu'ils y vivent, soit qu'ils aient décidé de s'expatrier en France pour construire ici leur maison. Maison qu'ils mettraient quinze ans à finir, vivant chaque été dans un garage, le temps de trouver les ressources pour commander les parpaings du premier étage, justifiant de loger à six ou sept dans un minuscule appartement en France. Maison qui, comme la voiture neuve présentée chaque été aux autres du village, constituait un élément de décor du spectacle de la réussite à donner à ceux qui restaient, comme à ceux qui étaient partis et avec qui il convenait de rivaliser une fois l'an. C'est ce jour où elle commanda son café, alors qu'elle était la

---

6 Morue.
7 Ragoût traditionnel.

seule femme dans le bar, qui plus est alors qu'elle fumait sa cigarette au milieu des hommes, qu'Hélène hérita du surnom de « comtesse ». Sa prononciation si maladroite ne fut pas vraiment prise pour de la préciosité, son sort était déjà scellé depuis le premier jour et chacun attendait une bonne occasion pour lui trouver un autre nom que « la Française ». La cendre grignotait son éternelle Dunhill, toujours la même marque depuis ses treize ans. Sur la table, le paquet or et pourpre évoquait les teintes d'un tract qu'elle avait longtemps gardé dans son sac banane : une petite feuille repliée sur laquelle s'étalait le Pavillon 40 à Zagreb. L'écrasante construction brutaliste dont les poteaux de soutènement en accordéon soulignaient l'ancrage du bâtiment au plus profond de la terre était surmontée de quelques mots écrits en rouge, longtemps énigmatiques : « conférence des non-alignés ». Non-alignés... Il y avait la rudesse des lignes d'architecture, l'écho lointain des peuples décolonisés, mais surtout l'éclat rougeoyant des lettres, et ces mots qui cognaient. À cette époque déjà, et à cet instant encore, alors qu'elle tendait une cigarette à Fernando, en prenant tout son temps, pour consumer la journée, elle se sentait intrinsèquement non-alignée. Le rouge enveloppant des paquets de Dunhill, dernière fidélité à son adolescence, constituait un de ces rares points fixes qui dessinent la trajectoire d'une vie.

Fernando n'avait pas quitté le paquet de Dunhill des yeux. Il se mit à parler en le regardant, comme s'il s'adressait à lui, ou pour éviter le regard d'Hélène. « Ici, l'argent, ils en ont honte. Ils passent leur temps à faire des coups, ils en accumulent toujours plus, mais ils le cachent. C'est les curés qui leur ont appris. Les vieilles voitures, les petites maisons... Ils sont nés là. Ils vont mourir ici. Toute la vie ils se surveillent. Les fenêtres sont petites, c'est pas à cause du froid. C'est pour ne pas que le voisin voie à l'intérieur. Rien jeter. Réparer. Recoudre les habits. Accommoder les restes. Ils grattent tout. Ils accumulent. Ils planquent. Jamais à la banque, personne ne doit savoir ce qu'ils ont. Ils vivent comme ça, comme des cons. Ils se tuent au travail juste pour échapper à la surveillance des autres. Et ils repassent ici au bar, pour s'assurer qu'il n'en manque pas un. Qu'aucun n'a foutu le camp au bout du monde avec une maîtresse. » Arthur était tout petit, il ne marchait pas, il utilisait ses bras pour se traîner au sol en position assise. C'était un gros bébé, blond, aux cheveux bouclés, qui ne ressemblait ni à sa mère, ni à Fernando. Son père se livrait, et lui gazouillait aux pieds d'Hélène. Elle sentait bien que Fernando essayait de dire quelque chose, que derrière ces considérations générales se cachait un sens plus personnel. Elle ne savait pas quoi dire. Il quitta le paquet de Dunhill des yeux et la fixa : « Voilà, ne juge pas les gens trop vite. Ici ce n'est pas comme chez vous. »

Après ce café avalé au bar, Fernando fit preuve d'un empressement incompréhensible pour remonter dans la voiture et prendre une route en lacets qui menait à la sortie du village. Il gara la voiture devant une petite maison coquette. Hélène avait appris les coutumes locales plus vite que la langue et ne posa aucune question. Ils entrèrent sans sonner. Là, dans une pièce étroite, sombre, aux plafonds bas, siégeaient quatre hommes sur un canapé en simili cuir et deux femmes, massives, assises autour d'une table, massive. Plus loin, on devinait une petite femme en tablier s'agitant dans ce qui semblait être la cuisine. En voyant Hélène et Fernando, elle s'interrompit, essuya ses mains dans un torchon et s'avança vers eux en tentant de dissimuler dans un fumet d'oignons un sourire ému.

– Père, mère, je vous présente Hélène, ma femme.

La mère sourit avec bienveillance en regardant Hélène, puis se figea en apercevant l'enfant. Le plus âgé des hommes sur le canapé – le père – répondit :

– Ta femme ? Vous êtes donc mariés ?

Gêné comme un enfant devant justifier une mauvaise note, Fernando marmonna :

– Non, ma femme, je veux dire… la femme avec qui je vis… même si nous ne sommes pas mariés. Nous vivons ensemble… et voilà notre fils dont je t'ai parlé l'an dernier quand je vous ai appelés.

– Ah oui, ton fils. Et, rappelle-moi, comment s'appelle-t-il déjà, ton fils ?

– Il s'appelle… Arthur.

Il finit sa phrase en scrutant ses mocassins.

Sur le canapé : David le père, David le frère, Armando le petit frère et António le beau-frère. Dehors un enfant joue : David, le fils de David, le petit-fils de David. Autour de la table : Linda la sœur et Fernanda la belle-sœur. Sortant de la cuisine, Maria, la mère. « Le tribunal familial » pensa Hélène. Par lâcheté, ou par souci de lui éviter la légitime angoisse de ce moment, Fernando avait gardé sous silence la tenue de cette session extraordinaire du conseil de famille Buarque Freitas Carvalho De Jesus Dos Reis Penalva Da Cruz Da Souza et associés.

La belle luminosité du matin avait disparu dans les ténèbres du mobilier de la pièce et ce n'était pas la minuscule fenêtre ponctuant le mur où s'adossait le canapé des hommes qui chasserait cette nuit prématurée. Un instant, Hélène eut envie de se pendre au fil alimentant la seule ampoule de la salle. « Si je fais vite, je peux faire un nœud solide avant qu'ils ne pensent à m'arrêter. D'ailleurs ils n'essaieront pas. » Mais elle dut renoncer, la hauteur sous plafond ne lui permettrait pas de voltiger dans les airs avec la flamboyance requise pour une belle pendaison. Elle risquait plutôt de se cogner la tête et de tourner sur la pointe des pieds, devant ces mines fermées, avec un câble électrique en pendentif. Ce serait grotesque. Bien sûr, avec un peu de chance, une électrocution… Mais ils étaient capables d'avoir mis l'électricité aux normes juste pour l'obliger à vivre son jugement jusqu'au bout. Elle resta donc là, silencieuse, sous les regards violeurs. Ce furent des minutes longues et désagréables. Armando et António la passaient en revue de haut en bas. David le frère fixait ostensiblement ses seins. Quant à David le père il lui faisait tout juste l'aumône d'un coin de son œil. Avachie sur la table, Fernanda fit un bruit de bouche répugnant, un filet d'air sifflant dans l'aspiration du mouvement lourd de sa langue. La mère semblait figée d'horreur devant le petit ange blond obèse qui avançait ses grosses fesses sur son sol fraîchement balayé. Fernando le conquérant était redevenu un enfant de six ans. Il savait chaque pensée qui traversait chaque personne de cette pièce. Hélène était seule, là, avec son fils et son mari enfant, face aux David, aux meubles en bois massif, aux bruits de bouche et aux odeurs d'oignon.

Alors que la famille attendait le coup de grâce que porterait David le père au sujet de l'enfant, ce petit gros, blond, aux cheveux bouclés qui ne pouvait être le fruit que d'une relation adultérine de « la Française » ; qu'il mûrissait sa formule pour savoir s'il s'arrêtait après « Je te l'avais pourtant dit que les femmes dans ce pays ne savent pas se tenir », ou s'il devait ajouter « Allez, sortez d'ici, toi, ta pute et ton bâtard » et qu'au moment de trancher il pensa que cette dernière phrase serait certainement prononcée par Fernanda sans qu'il ait besoin de se salir. Au moment où il inspirait et que David le frère s'enfonçait dans le canapé pour être certain de ne rien manquer, surtout pas les rebonds que ferait la poitrine de la Française quand elle commencerait à pleurer. Au moment où Fernanda refermait la bouche pour que le bruit de sa respiration ne trouble aucun des sons qui émaneraient de David le père quand il prononcerait son réquisitoire. À ce moment précis, Arthur, le domestique, le futur avocat, retira dans un même mouvement sa chaussure droite et sa chaussette. Un éclair troubla David le père. Il se revit sur la plage d'Hendaye faisant ce geste avant de toucher l'océan pour la première fois, trente ans plus tôt. Ce trouble, un étourdissement presque imperceptible, l'obligea à reprendre son souffle. Il entendit alors Maria s'exclamer :

– Mon Dieu ! Regardez le petit ! Il prend son orteil dans la bouche, comme Fernando quand il était bébé !

Il y avait dans sa voix le soulagement des passagers atterrissant d'un vol après de fortes turbulences. L'orteil d'Arthur, immonde excroissance boudinée, luisait de bave dans la pénombre du salon. Signe d'une incontestable filiation, il avait eu momentanément raison des Détraqueurs locaux.

L'appel de la nuit
février 1993

À cette époque Hélène et Fernando partageaient encore leur lit. La petite venait de naître et leur imposait un sommeil discontinu. Ils l'avaient finalement installée dans leur chambre. Il valait mieux l'éloigner d'Arthur la nuit… Elle poussait ces hurlements glaçants qui obligeaient Hélène à se lever et Fernando à lutter pour se rendormir. Ils n'habitaient pas encore la villa, le canapé trois places allait très bien dans leur salon ni chic ni contemporain. La méridienne était loin. Arthur voulait certainement devenir pompier. Deux ou trois ans suffisent parfois à faire de vous un étranger à celui que vous allez devenir.

Le téléphone sonna longtemps, assez pour extirper Fernando de ses songes et le laisser marcher jusqu'au salon pour décrocher le combiné. Les premiers mètres furent couverts avec les automatismes d'un somnambule. Après quelques pas pieds nus, sur le carrelage givré de la salle à manger, alors que la fraîcheur de la pièce contrastait avec le souffle tiède qui emplissait la chambre, il comprit.

Le type semblait appeler depuis l'autre bout du monde. Des grésillements d'appareil et un lointain écho troublaient sa voix. Pourtant Fernando entendit très distinctement Pinto lui annoncer, dans la langue du pays, que Vasco venait de mourir. Il ne dit ni David, ni ton père. Il dit Vasco parce que pour Pinto, comme pour tous ceux qui avaient été jeunes en même temps que le père de Fernando, il était O Vasco, celui qui, à deux reprises, avait fait le voyage vers la France.

L'appel dura quelques secondes : « O Vasco est mort, on l'enterre mercredi. » L'esprit encore en veille, Fernando répondit : « Merci » en français. Quelques secondes. Quand il raccrocha, l'écho de la sonnerie habitait encore la pièce. Il se tenait debout, entièrement nu, éclairé par les couleurs de la nuit dont les teintes légèrement rouges émanaient d'une loupiote du combiné de téléphone. Le carrelage maintenant glacial faisait remonter dans tout son corps un blizzard, créant sur son passage des spasmes. Traversé par le froid, il quitta définitivement les vestiges du sommeil et prit conscience de la situation. Il fallait être triste. Son père, qui selon la légende familiale, avait connu mille vies et surmonté tant d'épreuves, venait de mourir à cinquante-cinq ans sans que les deux hommes n'aient eu le temps ou l'envie de se réconcilier. Il avait survécu cinq ans à sa femme et laissait Fernando, David le frère, Armando l'autre frère et Linda la sœur, orphelins et orgueilleusement seuls ; chaque enfant ayant eu une excellente raison de se brouiller définitivement avec ses frères et sœur.

Mû par son sens des responsabilités et des convenances, Fernando s'enferma dans la salle de bains. Là, face à l'immense miroir orné d'ampoules qui ne pardonnaient rien à son teint nocturne, il pleura. Quelques larmes particulièrement volontaires se hissèrent au coin de ses yeux et retombèrent avec grande difficulté le long de ses joues. Ses larmes ne remontaient pas du fond de son ventre, elles n'avaient pas pris d'assaut son visage dans ces extraordinaires mouvements impromptus qui font les grands chagrins, incontrôlables. Ces larmes qui cherchent une sortie, jaillissent sous la pression de la douleur, inondent les visages dans un flot abondant. Non. Fernando avait utilisé son petit stock de larmes de circonstance, nichées près des pupilles et prêtes à entrer en scène dès lors qu'il convient de pleurer sur son sort. S'il ressentait une véritable tristesse, ce n'était pas tant la perte du père que celle du grand rival. À qui allait-il se mesurer maintenant ? Et pourquoi David était-il parti alors que Fernando n'avait pas fini son ascension ? En le quittant maintenant, ce salaud le privait de sa revanche, de cette procession qu'il imaginait faire au volant d'une Mercedes neuve dans le village, habillé comme un prince, Hélène à ses côtés habillée comme une femme de médecin, les petits derrière habillés comme des Français. Il voulait passer devant le bar où David son frère avait ses habitudes, ne pas descendre de la voiture, le toiser, lui et les autres du coin, mettre le cap vers la petite maison à la sortie du village. Là il aurait klaxonné, il aurait posé sa main sur l'épaule de son père pour lui signifier que c'était lui son véritable successeur, et pas David le frère aîné, cet incapable tout juste bon à travailler à la mairie. Il lui aurait dit, avec un ton condescendant et ferme : « Tu peux te reposer maintenant, je m'occupe de la famille. » Mais ça n'arriverait pas parce que O Vasco n'était plus.

Un seul mot pour réponse : « merci ». Encore un peu endormi, il n'avait pas eu le temps de mettre en place les barrières empêchant la sortie de ce « merci ». Il ne s'en était pas référé à Dieu, n'avait pas demandé comment c'était arrivé, où il se trouvait, s'il était entouré par ses autres enfants, s'il avait souffert. Au milieu de cette nuit, dans sa semi-conscience, il n'existait aucune citation, aucune phrase exprimant avec autant de justesse et de sincérité ses sentiments que ce « merci » si violemment spontané.

Inutile de se recoucher, il n'arriverait plus à dormir et risquait de réveiller Hélène et la petite. Ensuite il faudrait parler et rejouer la tristesse de la perte ; il venait d'en donner une première représentation qui l'avait épuisé. Sur la table de la cuisine le petit déjeuner attendait l'aurore. Il alluma la cafetière qui émit des gargarismes de vapeur. L'eau se frayait un chemin au milieu d'un tas de café, le filtre retenait les masses pour ne laisser passer qu'un liquide transparent et noir. Fernando n'y vit aucune allégorie. La seule odeur du café le réchauffait. Le nuage d'eau tiède qui s'échappait de la cafetière chantait le même air que le fer à repasser de sa mère. Il se revit enfant, dans le fauteuil du salon, l'odeur apaisante du linge propre et le chuchotement du fer qui évitait à sa mère de lui dire combien elle l'aimait. Il lui suffisait alors de s'asseoir dans le fauteuil quand Maria repassait le linge, de regarder par la fenêtre les vignes en espaliers et le petit troupeau de moutons qui s'approchait de la maison pour savoir qu'elle veillait sur lui. Son attention portée sur le faux pli d'un vêtement, sa détermination à en venir à bout, son extrême concentration pour ne pas brûler le tissu étaient autant de façons pour elle de lui faire comprendre que, jusque dans le revers du col de ses chemises, elle serait là. Il repensa à ces premières années au village, ne sachant plus très bien ce qui constituait ses souvenirs, et ce qu'il avait inventé à partir des quelques photographies de famille. Il lui semblait que sa mère se rendait encore au lavoir. Ce lieu lui parut anachronique. C'était pourtant bien là que les femmes se retrouvaient, pas tant pour laver le linge que pour enfin discuter entre elles, régler les comptes de leurs maris et médire sur celles qui n'étaient pas là. Les lignes de fuite familiales auraient-elles été différentes si tous n'avaient pas dû partir au milieu de l'automne caetaniste[8] ? Oui, certainement. Lui n'aurait pas rencontré Hélène la Française, il se serait marié avec une voisine comme son père. Les deux hommes auraient pu se parler, il n'y aurait pas eu entre eux cette autre langue, cet autre pays, ni cette autre femme.

Le café était prêt.

Il décida de le boire dans le salon, s'assit au fond du canapé, posa ses jambes sur la table basse avec précaution pour ne pas casser le verre du plateau, alluma le téléviseur et baissa le son pour ne pas réveiller les autres. Leur sommeil importait moins que sa solitude.

Une chaîne du câble rediffusait le premier volet des aventures de l'inspecteur Harry. Fernando eut un léger sourire en voyant apparaître les mâchoires de Clint Eastwood à l'écran. Il courait au milieu de la nuit dans un quartier interlope de San Francisco, son costume cintré et l'importante masse capillaire coiffée en brosse accentuaient la verticalité de sa silhouette. Une épée fendait l'obscurité. À cette heure avancée de la nuit, alors que déjà l'ombre encombrante de son père s'éloignait, et tandis que le café le réchauffait, il se sentit étrangement connecté à l'inspecteur Harry Callahan. Cet homme, dans une ville inconnue, qui courait sous l'unique

8 Marcelo Caetano a succédé à Salazar après son AVC en 1968, il est le dernier président du Conseil de l'Estado Novo.

lumière de quelques lampadaires, c'était lui. L'impression d'abord furtive fut confirmée quand l'inspecteur entra dans un long tunnel abandonné. Tout était noir et lui continuait de courir. Le regard porté vers la sortie du tunnel, il courait, courait. Des marginaux qui en voulaient à son argent tentèrent de le ralentir, il répondit en dégainant son Magnum. Alors Fernando se vit lui-même sous ce sombre tunnel, tenant en respect ceux qui espéraient le dépouiller : les fonctionnaires, les impôts, ses salariés, les autres Portugais, les communistes. Il n'était plus avec l'inspecteur Harry Callahan, il était l'inspecteur Harry Callahan. À moins que l'inspecteur Harry Callahan ait été un autre Fernando, balancé dans une autre dimension pour y nettoyer les tunnels tandis que ce Fernando-là s'attelait à sa vie d'ici, à son entreprise de maçonnerie, à sa famille et à ses projets de grandeur hexagonale et de revanche familiale.

Cette scène sous le tunnel, il l'avait vécue cent fois. C'était l'histoire de sa vie. Comme ce jour sur un chantier compliqué, des tonnes de terre à décaisser pour implanter une maison dans une colline. Il pleuvait depuis des semaines, rien n'avançait, tout le monde avait froid, les chaussures de sécurité incrustées d'argile étaient lourdes, le camion-citerne refusait de livrer le béton tant que les abords n'étaient pas secs, il craignait de s'embourber, le client passait tous les jours, bien enveloppé dans son anorak, à l'abri sous son parapluie, il questionnait Fernando sur le respect du planning. Au milieu de toute cette boue, de cette pluie fine et de ce froid l'inspecteur du travail s'était pointé. Dubreil, le comptable de Fernando, l'avait toujours prévenu : « Si les impôts ou l'inspection du travail arrivent, vous ne dites rien, vous m'appelez, on les recevra dans nos bureaux, on gagnera du temps. » L'inspecteur du travail, un petit mec dont le costume taillé trop large soulignait la finesse des épaules, ressemblait à tous ceux que Fernando avait croisés en arrivant en France. Avec ses lunettes rondes, sa raie sur le côté et ses mains blanches il aurait pu être un des gamins de la classe dans laquelle on l'avait accueilli quand il avait quinze ans, les autres élèves pas plus de dix. Il se sentait un homme parmi les enfants, pourtant il ne comprenait rien à ce qu'expliquait l'instituteur. Tout dans ce pays était une page blanche. Les premières lignes furent prononcées par un petit, propre sur lui, au visage aussi désespérément neutre que celui de l'inspecteur du travail. Un petit poli qui n'avait fait que répéter ce qu'il entendait à la maison en s'approchant de Fernando : « Sale race de Portugais. »

L'inspecteur du travail, courtois mais ferme, avait demandé le registre du personnel, le document unique d'évaluation des risques, le plan particulier de sécurité et de protection de la santé et tant d'autres documents dont la seule évocation crispait Fernando. « Quand il s'agissait de construire votre pays vous vous foutiez bien de savoir dans quelles conditions on travaillait et si on se faisait mal au dos, mais maintenant qu'on travaille pour nous, vous voulez en être, vous vous faites du souci pour nos gars ? Non ! Vous voulez votre part du gâteau ! Communistes ! *Filhos de puta.* » La pensée profonde de Fernando à ce moment-là, c'était bien ça. Pour autant, sachant que l'inspecteur du travail s'attendait à ce genre de réception, il opta pour une autre approche.

– Tout est là-haut, venez avec moi, je vais vous montrer.

Il indiqua une échelle.

– Allez les chercher, je vous attends.

– Non, vous allez les consulter sur place. Ils sont en haut, je n'ai pas à vous les apporter. Ils sont rangés.

Fernando avait serré les dents pour prononcer cette phrase sans faire entendre la menace qu'elle contenait.

L'inspecteur du travail montait à l'échelle comme une danseuse. Il posait la pointe de son mocassin sur chaque barreau, hissait sa main blanche à hauteur de la raie de ses cheveux, et dans un même mouvement, très gracieux, très coordonné, très lent, montait. Derrière lui, Fernando faisait vibrer l'échelle en écrasant les barreaux qu'il enjambait quatre à quatre. Quand ils arrivèrent à l'étage il n'y avait qu'une palette de sacs de ciment et des ferrailles qui sortaient du plancher un peu partout. Fernando retira l'échelle et dit à l'inspecteur du travail : « C'est par là-bas » en désignant le rebord de la maison. Son regard, pareil à celui de Harry Callahan face à ses agresseurs, indiquait qu'il était inutile de discuter. Il n'y avait pas une grande hauteur, trois ou quatre mètres tout au plus, et dans le contrebas gisaient des étais en fer, des pelles, une brouette remplie des eaux de pluie, un tas de sacs de ciment vides et des morceaux de polystyrène que les ouvriers essayaient de brûler quand ils faisaient griller leur viande le midi. Fernando s'avançait vers l'inspecteur du travail, acculé, dos au vide. Il lui dit :

– Regardez bien là-bas, dans le tas des papiers qu'on brûle, vous trouverez tout ce que vous cherchez.

Dans son souvenir au moins, c'était bien ce qu'il lui avait dit. Et ce soir, parce que plus aucune ombre paternelle ne pouvait le juger, il avait envie que cette scène se soit déroulée comme ça, quitte à l'arranger un peu.

Face à l'inspecteur Harry Callahan : une vaste étendue de terre poussiéreuse, de hauts tas de cailloux et un fleuve malingre. Surplombant ce décor de western, un bâtiment dont les tôles rouillées cognaient au gré du vent : la cimenterie.

Avec ses fondations au bord de l'eau, ses enchevêtrements de tuyaux, ses bruits métalliques, ses tapis roulants sur lesquels les pierres filaient pour se faire concasser, ses turbines qui homogénéisaient les poudres, ses fours à calcination qui les figeaient, ses bacs à trempe qui faisaient le clinker, ses broyeurs à boulets auxquels on ajoutait le gypse pour faire le ciment… L'inspecteur Harry Callahan poursuivait un malfaiteur dont le corps flotterait sur les eaux grises du fleuve, celles qui refroidissaient les turbines de l'usine et qui, à fréquenter de trop près la poussière de ciment, étaient comme figées. Immobiles et troubles.

Cette cimenterie convoquait le souvenir de David le père disant à son fils adolescent : « On va aller voir un ami à moi, un homme important, il pourra nous aider. Il y a longtemps, je lui ai rendu un service. »

Fernando se revoyait, momentanément débarrassé de David le frère, dans un côte à côte complice avec son père, face à la cimenterie. Ensuite David s'était présenté au gardien et avait demandé à parler à monsieur Colpijn, le directeur. L'ovale qu'il formait avec sa bouche à chaque syllabe contenait toute la concentration dont il était capable pour formuler sa demande dans ce qu'il prenait pour un français impeccable. Le gardien, après lui avoir fait répéter trois fois sa question, lui répondit qu'il n'y avait pas de monsieur Colpijn et que le directeur était un dénommé Colpiègne. Tandis que David prenait la direction des bureaux, Fernando s'en était allé vers les quais. Là, deux types pêchaient à la ligne au milieu des camions J7 qui allaient et venaient dans une poussière épaisse et le vacarme des moteurs diesel. Ils semblaient étrangers aux mouvements autour d'eux, focalisés sur ce fil transparent courant dans les eaux figées, immobiles et troubles qui rinçaient la cimenterie. Au bout de quelques minutes il vit son père sortir des bureaux, les épaules un peu plus voûtées qu'en entrant. Il lui sembla que le costume du dimanche qu'il avait spécialement mis pour rendre visite à son ami Colpijn était couvert d'une pellicule de ciment. David dit à son fils : « On va aller manger à côté, je connais un restaurant. » Fernando remarqua une sorte d'abattement dans la voix de son père. « Quel est le plat du jour ? » demanda-t-il dans une vaine tentative de français. « Paella », répondit le serveur. David eut un sourire que Fernando analysa comme leur dernier moment de concorde. S'il avait connu la vie de son père, il aurait su qu'à ce moment-là, il mesurait à quel point le destin se moquait de lui.

Sud-Ouest
Incendie dramatique au Portugal : au moins 40 morts et 27 blessés

Il est encore trop tôt pour comprendre comment l'incendie qui s'est déclaré la semaine dernière dans le nord du Portugal, sur une zone particulièrement aride et venteuse, a pu conduire au décès d'au moins quarante personnes selon un premier bilan.

C'est vendredi dernier, en fin de journée, que l'incendie, a priori d'origine volontaire, s'est déclaré dans la région de Trás-os-Montes. Des témoignages des habitants indiquent que les automobilistes auraient été contraints par les gendarmes d'emprunter la route nationale plutôt que de gagner l'autoroute dont la bretelle d'accès se situait plusieurs kilomètres plus loin. La petite route en lacets aurait rapidement été totalement engorgée avant d'être rattrapée par l'incendie. Les automobilistes ont alors été piégés dans leurs voitures par les flammes.

Eduardo Abaças qui vit dans une ferme isolée a dû évacuer son domicile face à l'avancée du feu : « Le vent soufflait tellement fort qu'on voyait l'incendie arriver vers nous, comme s'il courait. On est montés dans la camionnette et on est partis. Tous les animaux sont morts, tout a brûlé. À quelques minutes près, on y passait aussi. »

D'autres n'ont pas eu cette chance comme le montrent les voitures calcinées qui jonchent la route nationale. Impossible de s'en approcher, tous les corps n'auraient pas été évacués et les gendarmes empêchent l'accès à la zone. Des habitants nous disent avoir vu plusieurs cadavres d'enfants dans les décombres, selon eux il y aurait également plusieurs Français, ce que les autorités refusent de confirmer.

Nous rencontrons Luis Fontelo, un survivant qui se présente à nous comme « un miraculé ». En nous montrant les hectares de cette terre grise où il ne reste que des troncs calcinés, il se confie : « Tout ça, ça a brûlé en dix minutes. J'étais en voiture avec mon cousin, on connaît bien le coin, on a essayé de passer par toutes les petites routes. Partout on retrouvait l'incendie face à nous. À un moment on n'a plus eu le choix : on a foncé à travers les flammes. Ça a été interminable. Un ou deux kilomètres, sans croiser personne. On n'y voyait rien, on roulait au milieu des flammes et on essayait d'éviter les pins qui tombaient sur la route. » En observant les carcasses de voitures on comprend vite qu'ils ont été nombreux, comme eux, à essayer de traverser le brasier. En vain, le plus souvent.

Dans cette zone très rurale où tout le monde se connaît, on remarque vite les absents et les habitants attendent avec angoisse des informations officielles sur ceux qui manquent. Sont-ils morts ou blessés ? Derrière son comptoir, entre colère et résignation, Armando craque : « Des gens de ma famille étaient sur la route et je n'ai aucune nouvelle depuis vendredi.

Les gendarmes ne veulent rien dire mais ici tout le monde sait que c'est à cause d'eux. »

Le commandant de gendarmerie António Conceiçao n'a pas souhaité répondre à nos questions, il a indiqué qu'une conférence de presse aurait lieu dans les prochains jours afin d'apporter des éclaircissements.

Exil
septembre 1973

Monsieur Da Cunha, comme tous les ans, avait fait cueillir les grappes de raisin de la vigne qui bordait l'église pour lancer les vendanges. Un correspondant local d'un quelconque journal l'immortalisa en chemise blanche et bretelles, posant une comporte dans la benne d'un camion : « Une vendange sous le signe du progrès technique » selon le titre de l'article. Autour de lui on voyait les hommes, les femmes et les enfants du village dos courbés et sécateurs en main, s'agitant dans les travées. À cette saison, les mouches et les abeilles étaient partout : elles voltigeaient autour des vendangeurs, suivaient la récolte jusqu'au pressoir puis s'éparpillaient dans les maisons, jusqu'au bar de Domingos, le nouveau, plus grand que l'ancien et situé à la place d'une étable méconnaissable depuis que les parasols Super Bock avaient remplacé les moutons. Dans l'ancien bar, David stockait des sacs d'engrais. Chaque fois qu'un garage ou une ferme était à vendre, il rachetait : « Il me faut toujours plus de place pour stocker. » De fait, depuis son retour de France, David avait fait le choix du commerce. Au bar de Domingos, où on respectait sa réussite autant qu'on la jalousait, il y en avait toujours un pour rappeler que « O Vasco » s'était ramené de France avec dix sacs de ciment et qu'il les avait vendus à prix d'or à monsieur Da Cunha au motif qu'il s'agissait d'une marchandise française. Il en avait rajouté sur son caractère spécial et sur le gâchis que cela constituerait de l'utiliser à la construction d'un abri de berger. « Dans une belle maison comme la vôtre, il faut du ciment français. » Da Cunha avait dû croire que les Français fabriquaient un ciment spécial, certainement plus chic et contemporain. Le mur de l'écurie fut donc scellé par du ciment français. Avec le produit de la vente, David avait proposé au marchand d'engrais de lui racheter une partie de son stock, et de là, année après année, il était devenu le seul marchand d'engrais du coin à fournir tous les villages jusqu'aux portes de la ville. À son retour de France dix-sept ans plus tôt, il avait épousé dans la précipitation et sans faste la jeune Maria, une voisine. Les mauvaises langues disaient qu'elle était enceinte. De fait, six mois plus tard naissait David le fils. David le père prétendait que David le fils était prématuré. « Heureusement qu'il n'est pas allé à son terme, le gosse pèse déjà cinq kilos ! Trois mois de plus et la pauvre Maria accouchait d'un cochon ! » Voilà le genre de plaisanteries qu'on faisait au bar de Domingos. Vint ensuite Fernando neuf mois plus tard, puis Linda neuf mois après, et enfin Armando qui fermait la marche dans les huit mois suivants. Dès ses vingt-trois ans, David le père avait dû apprendre à se contrôler, d'autant plus que Maria prenait ses consignes directement auprès du père Boavista, un homme très savant disait-on. Il n'y eut plus de naissance, certainement parce que, constatant les échecs successifs des moyens de contraception recommandés par l'Église, David et Maria ne firent plus rien qui risquerait d'en engendrer. À cette époque, David repensait souvent avec nostalgie à l'affiche de film aperçue dans une rue sombre d'Hendaye, *Mademoiselle Strip-tease – Paris Sexy*. Ces éclairages rose tapageur, un ailleurs de volupté.

Au bar de Domingos on disait que David ne devait pas tant sa fortune à sa bosse du commerce qu'à la générosité des dames auxquelles il rendait visite quand il allait à la ville pour affaires. Dames dont les maris dormaient au cimetière ou sous une tente puante quelque part dans une épaisse forêt angolaise, englués dans des mouvements militaires insensés et un service militaire qui rallongeait de douze mois chaque année. « Ça, on ne peut pas lui enlever, il a le sens des affaires O Vasco ! » Les hommes riaient en buvant de la Super Bock tandis que la radio rendait compte des résultats du FC Porto.

Durant toute son adolescence, Fernando se demanda pourquoi il avait fallu quitter sa maison, en pleine nuit, alors que monsieur Da Cunha venait de lancer les vendanges et qu'il s'apprêtait à ne pas aller à l'école pendant un mois pour couper des grappes de raisin. David le père, Maria, David le frère, Fernando, Linda et Armando s'étaient entassés dans la petite cabine d'un gros camion Volvo hors d'âge. Quelques minutes plus tôt ils avaient rempli à la volée trois valises de vêtements, un peu comme s'ils partaient en vacances. Mais la famille ignorait jusqu'à l'existence des vacances. Puis un type âgé, costaud, avait tapé à la porte. Il avait mis les valises dans la benne du camion. On voyait qu'elle était couverte de coulures de raisin, ça sentait le moût et ça collait. Des mouches et des guêpes tournoyaient dans la pénombre. En démarrant, le camion fit un bruit infernal. Fernando vit son père se crisper. Pour détendre l'atmosphère, ou parce qu'il le pensait vraiment, le chauffeur avait dit : « Ça nous rappelle de bons souvenirs ! » Les deux hommes avaient ri, les autres ne comprirent pas. Ensuite ce fut un bruit ininterrompu de toussotements de moteur, de cliquetis métalliques, de couinement d'embrayage. De la future « route de la mort » jusqu'à la ville.

Dans la famille, personne n'avait jamais pris le train. Aux enfants qui demandaient quand on arriverait à destination, Maria répondait par un baiser sur le front. Malgré le froid du compartiment et les roulis des wagons, ils dormaient. Maria cherchait du regard David. Lui contournait son air de reproche en fixant le paysage qu'on devinait à travers la vitre. Au bout de quelques heures qui parurent bien peu de chose à David par rapport au temps qu'il avait mis la première fois pour rejoindre l'Espagne, il fallut faire un changement de train. Les enfants entre sommeil et fatigue se cognaient aux portes et aux valises, Fernando et David le frère qui étaient pourtant deux adolescents se tenaient par la main dans la gare transfrontalière. Le nouveau train prit son départ, le micro grésillait et une voix suspendue à l'épaisseur de la nuit prononça quelques mots mystérieux dans une langue qui ressemblait à l'espagnol. David se tenait raide, les mains posées sur ses cuisses comme un élève trop sage. Pourvu qu'on arrive vite en France.

Le plus souvent il se perdait en songes mais par moments, en revenant à sa famille, il était frappé par la tristesse des paysages et cette même impression de traverser une zone irradiée dont on aurait évacué les habitants. Une seule fois Maria avait dit : « Mais que c'est triste ! » et sa voix contenait tellement de reproches qui dépassaient le compartiment et même toute considération esthétique sur la grisaille des champs alentour que David, penaud, avait haussé les épaules : « Je sais. »

Au bout de l'Espagne il fallut à nouveau changer de train. Quand ils arrivèrent en gare d'Hendaye, ni Maria ni les enfants ne prêtèrent attention à l'agitation de David. Il s'était levé et allait d'une fenêtre à l'autre du wagon, le nez collé à la vitre, la respiration forte et les mains moites. Personne ne comprit alors que David, entouré des siens, cherchait l'évasion des lumières du Slow-Club et le réconfort de Dora Doll, Simone Paris, Agnès Laurent, Bijou, Lily la pudeur et Loulou Guiness. Il était peut-être encore temps de choisir un fauteuil dans le Slow-Club, d'apprécier la douceur du velours et la profondeur de l'assise, de rester quelques minutes dans le noir complet, puis d'entendre la bobine démarrer et enfin, après toutes ces années, voir les filles. Alors tout serait différent.

Ils arrivèrent à la ville de la cimenterie, João les accueillit à leur descente de train. Il vivait en France depuis quelques années mais avait conservé la façon de s'habiller du village : godillots crottés noirs, pantalon amidonné marron, chemise grise en coton épais, gilet en laine bleu marine, veste de costume grise, un peu ample et râpée, chapeau informe en feutre noir. Il embrassa Maria et les enfants, il sentait le feu de cheminée, sa veste la naphtaline. Il serra longuement la main de David avec solennité, comme pour marquer son respect.

– Dans ta voiture, tu penses qu'on entrera tous ? On a pris des bagages, dit celui-ci en montrant les trois valises en carton.

– Pas besoin de voiture. Votre appartement, il est à côté. On va y aller à pied.

Il était presque la même heure que celle à laquelle la famille était montée dans le vieux camion. Une journée pleine venait de passer, ils évoluaient à présent dans cette petite ville qui leur semblait immense et vaguement hostile. « Le soir il ne se passe rien », voilà ce que disaient les gens d'ici. Mais Maria et ses enfants se perdaient dans les sifflements du train, le mouvement des quelques voitures qui empruntaient la route qu'ils longeaient pour se rendre à leur appartement, la profusion de commerces dont les enseignes étaient incompréhensibles et cette langue étrangère qu'ils avaient entendue dans les couloirs de la gare. Sa musique un peu précieuse se logeait dans les « r » qui ne roulaient pas et glissaient presque.

En découvrant le deux-pièces où la famille allait s'installer, David fit face à ses enfants avant de prononcer d'un ton sec sa seule consigne : « Ne me faites pas honte. » À cet instant, en matière de honte, David considérait qu'il avait eu son lot. Il faudrait pourtant en supporter encore : du travail qu'il ne trouverait pas jusqu'aux amnésies de monsieur Colpijn, de son impossibilité à se faire comprendre quand il essayait de parler français jusqu'au regard des enfants troublés devant ce père hier impérial aujourd'hui courbé. S'il avait pu se mettre à la place de Maria un instant, il aurait certainement trouvé matière à relativiser son désespoir.

C'était une étrange sensation que de retrouver ces fratries portugaises agglutinées dans la même rue, comme si la main de Dieu avait découpé aux ciseaux quelques livrets de famille de villages du Nord puis avait décidé de les recoller un peu vite dans des cases trop petites, en France, près de la gare. Le bruit avait couru qu'il y avait du travail dans cette ville. Partout disait-on, on construit des maisons, des entrepôts, des immeubles immenses. Les Italiens ne voulaient plus aller sur les chantiers. Personne n'avait jamais vu un Italien dans les villages. Mais on s'inclinait devant les récits de fortunes faites par les premiers arrivés, alimentés par quelques séjours durant l'été où l'on voyait revenir des bons à rien dans des voitures neuves. Tout cela avait donné corps à cette histoire. David se foutait de faire fortune, il pouvait difficilement espérer mieux que sa situation au village. D'autres complications l'avaient amené là. Pour le moment il fallait se poser, ne pas se faire remarquer, aller au plus simple. Ainsi, pour ne contrarier personne, quand il fallait expliquer sa situation à une autorité administrative locale, il prétendait toujours fuir la dictature. Derrière ce mot on voyait l'ombre de Salazar, apparemment personne ici ne savait qu'il était mort depuis trois ans. Il pensait alors à monsieur Da Cunha, seule tentative de représentation de l'*Estado Novo* dans le village. Cet homme qui pendait son autosatisfaction à ses bretelles et semblait heureux comme un enfant quand on annonçait les résultats des élections municipales où il était seul candidat. Quelque chose de grotesque l'éloignait du menton fier des policiers espagnols que David et Anibal avaient croisés un soir, il y avait longtemps, à Burgos.

Peut-être qu'au Portugal aussi. En ville, ou dans des endroits où les maires sont plus sérieusement convaincus que monsieur Da Cunha. Oui, certainement que, près de chez lui également, il y avait eu des choses. Mais lui n'avait pas eu le temps de s'en préoccuper. Il avait du travail et ne comprenait rien à tous ces discours. À dire vrai, il s'en fichait, pourvu que Porto gagne.

Enclave
avril 1974

Moulés dans des fuseaux synthétiques, leurs culs roulaient le long du trottoir comme les « r » dans les bouches des Portugais.

« Et alors petit, faudra venir nous voir un jour pour qu'on t'apprenne. » Fernando tentait de regarder au loin tandis que les filles qui travaillaient en bas de l'appartement familial riaient. Il aurait voulu se cacher derrière le duvet brillant qui lui servait de moustache. Les femmes l'impressionnaient. Particulièrement celles-là, dont Maria disait : « Ce ne sont pas des filles bien. » À en juger par les allées et venues d'hommes de tous âges et de tous horizons, ces filles trop maquillées, serrées de trop près dans leurs tenues, qui regardaient le monde depuis leurs talons sans jamais trébucher sur le trottoir jouissaient d'une certaine renommée. Fernando savait bien ce qui se passait lorsqu'elles montaient avec les hommes dans l'appartement mal insonorisé situé sous le salon familial. Enfin, précisément, il ne savait pas comment tout cela s'organisait : Est-ce que le client devait se doucher ? Est-ce qu'il pouvait se dévêtir, ou alors se contentait-il de baisser sa braguette ? Et la fille, elle enlevait vraiment tous ses vêtements, même ses hauts talons et son fuseau, cette deuxième peau qui prétendait cacher mais qui montrait tout, soulignait l'invisible comme le contour noir des dessins ? Et puis surtout, une fois que l'homme et la femme se faisaient face et que, habillés, ou pas, ils devaient se rejoindre, réellement, chirurgicalement, comment est-ce que cela se passait ? David et Maria n'avaient jamais abordé devant les enfants le métier des voisines ; « ce ne sont pas des filles bien » suffisait amplement pour toute explication. Les questions anatomiques de Fernando ne trouveraient pas de réponse ici. Il ne pouvait pas davantage compter sur David son grand frère qui lui semblerait éternellement plus ignorant que lui en tout. Depuis qu'ils dormaient tous dans le salon – David et lui tête bêche sur le canapé, Armando et Linda sur un matelas au sol qu'on rabattait contre le mur la journée – Fernando devait lutter pour retrouver brièvement les plaisirs de la solitude. Certains soirs, s'il entendait son père ronfler dans la chambre juste à côté, s'il sentait le poids inerte de son frère, si dehors les voitures des clients ne passaient plus, il imaginait qu'au milieu de cette nuit le temps n'appartenait qu'à lui. Dans ces moments, faisant abstraction des pieds de son frère posés sur son visage, au rythme des ronflements paternels, et avec l'inexplicable sentiment de trahir sa mère, Fernando pensait aux fuseaux synthétiques de celles qui n'étaient pas des filles bien. Il se caressait doucement, pour ne pas réveiller David le frère ni David le père. Des images un peu confuses se dessinaient : son sexe disparaissant entre les jambes d'une des voisines, dans une espèce de vortex polaire. Il luttait pour que son souffle ne fasse pas couiner le simili cuir du canapé. Très vite il sentait son triomphe dans ses mains. Il les plaquait sur son sexe pour contenir sa semence. L'extrême sentiment de bien-être ne durait qu'un instant, chassé par un sentiment tout aussi extrême de culpabilité pégueuse en songeant que les voisines avaient l'âge de sa mère. Les nuits se finissaient en somnolant, les doigts collants, les poils collés et l'impression écrasante de ne pas être un garçon bien.

Un sursaut dans la nuit. Fernando ne savait plus où il était. Il toucha le tissu sous lui. Du véritable cuir de vachette, pas du skaï. Les pieds de David ne caressaient pas son nez, son père ne ronflait pas. Un hurlement venait de la télévision. David le père était mort depuis longtemps. David le frère devait dormir, une jambe écrasant sa grosse Fernanda, chacun empestant l'autre avec une haleine d'ail et de piquette, dans un appartement minable vers la gare. Et lui, Fernando, gisait sur sa méridienne gris anthracite.

Se saisissant de la télécommande, il se mit en quête d'un film de et / ou avec Clint Eastwood. Les cent vingt-trois chaînes du bouquet satellite lui assuraient de trouver, à n'importe quelle heure, un film dans lequel l'acteur faisait claquer ses mâchoires. La plupart du temps il parlait une langue étrangère, c'est-à-dire qu'il ne parlait pas français. En basque il avait une voix fluette et un débit très rapide, son espagnol passait par le nez, son allemand par la gorge. Fernando avait un peu de mal à l'entendre parler arabe ou russe, quelque chose ne collait pas entre l'image et le son, mais ça ne gâchait jamais le plaisir. Et puis, ayant vu tous ces films des dizaines de fois, peu importait la subtilité des dialogues. Le simple fait de voir ce bloc de granit hollywoodien l'apaisait et le transportait : il était un peu Clint, Clint était un peu lui. Sa sensation au soir de la mort de son père, quand il l'avait vu courir sous ce tunnel, ne l'avait plus quitté.

Ce soir un Clint grec dans un western spaghetti portait un poncho mexicain et tirait au pistolet sur des types aux mines patibulaires. « C'est toute ma vie », pensa Fernando. Il fit un peu de chemin à dos de cheval avec Clint puis s'endormit sans voir l'Indien récalcitrant s'exprimer dans la langue de Nana Mouskouri avant de se faire dessouder.

Tous les Portugais n'étaient pas arrivés en France par le train, pourtant le quartier de la gare, dès les premiers temps, était devenu une sorte d'enclave juridiquement détachée de ce qu'on appelait encore très pompeusement le royaume du Portugal. Les habitants du coin, qui avaient vu revenir les pieds-noirs dix ans plus tôt, se montraient très critiques face aux mouvements de ces populations qui atterrissaient invariablement chez eux. Secrètement, ceux qui avaient toujours vécu là regrettaient le temps béni des colonies où les Français encombrants vivaient en Algérie française, les Portugais en Angola, les Espagnols et les Italiens où ils voulaient, pourvu que ce soit loin d'ici. Eux n'avaient rien demandé, et voilà qu'il leur fallait trouver de la place pour les pieds-noirs, mais aussi pour tous leurs Arabes qui semblaient être montés dans le même pinardier, pour les Espagnols qui prétendaient fuir Franco, pour les Portugais qui prétendaient fuir feu Salazar. La terre entière fuyait ses malheurs pour échouer ici en quête d'un nouvel ailleurs. Un dimanche midi, au moment où il plantait sa lame dans le dos du coq rôti que la famille s'apprêtait à déguster, monsieur Colpiègne avait synthétisé ce sentiment en une phrase lapidaire : « Nous sommes devenus leur colonie », effaçant sous son couteau l'époque où il s'appelait Colpijn et parcourait le monde à la recherche de cailloux à éclater et de choses à faire avec le calcaire.

En fin de mois, le quartier de la gare devenait un village du Douro. Des Portugais jaillissaient des porches d'immeubles, des bars, des arrêts de bus, descendaient des camions et des voitures. Dans les rues on sentait le porc fumé et l'air se chargeait en vapeur amidonnée de pommes de terre. Les poches des pantalons gonflaient sous la pression des billets ; on ne s'encombrait ni de bulletins de salaires, ni de relevés d'identité bancaire, ni de chéquiers. Les espèces bien palpables permettaient à chacun de disposer immédiatement du fruit de son labeur sans en rendre compte à quiconque. Ces soirs-là, les voisines n'avaient même pas le temps de redescendre dans la rue. Les clients grimpaient directement à l'étage et lorsque Fernando descendait les escaliers pour sortir de chez lui, il passait de longues minutes à saluer les amis de son père ou de son frère. Lorsqu'il croisait les pères des petits de sa classe, qui avaient oublié d'éviter l'endroit en fin de mois, il convenait de ne pas les voir. Très vite il ne les vit d'ailleurs réellement plus, ni ici ni en ville. Quand les parents s'étaient plaints auprès du directeur parce que leurs petits – des enfants – étaient troublés de voir ce grand étranger – presque adulte – au milieu d'eux, Fernando avait compris qu'il était temps pour lui d'aller faire briller son duvet ailleurs.

Dans l'effervescence de ces premières années, la nouvelle communauté connut certains événements fondateurs : la première procession à Marie organisée dans la rue des voisines aux fuseaux avec un cortège vêtu de blanc, portant à bout de bras deux portraits de la Vierge au milieu des habitués ; la minute de silence observée un soir de décembre 1973 quand Pavão du FC Porto décéda sur le terrain face à Setúbal ; la même minute de silence quelques mois plus tôt quand le Benfica Lisbonne remporta le championnat. Une espèce de bourgeoisie de pacotille vit même le jour avec la constitution officielle du club local des Portugais. António, un des premiers naturalisés français, qui dès lors travaillait aux services techniques de la mairie, avait réussi à déposer les statuts de l'association à la sous-préfecture. Conformément aux pratiques démocratiques du pays, il se présenta seul à la présidence du club, fut élu à l'unanimité des présents et dans la foulée signa le bail avec le propriétaire du local rue Saint-Esprit. Vue sur la gare, vue sur les voisines et les fuseaux. Officiellement il s'agissait du siège social d'une association. Officieusement l'endroit devint un bar exclusivement portugais en tout point similaire à celui de Domingos : Sept et Demi, Super Bock, RTP1, *bola de carne*[9]. Les femmes n'étaient pas les bienvenues et quand l'homme devait rentrer au foyer, on envoyait les enfants en émissaires. Les quelques moments volés où le petit mâchait un chewing-gum avec les grands au comptoir resteraient inoubliables ; longtemps il lui tarderait d'être adulte pour avoir le droit de s'asseoir au milieu des cartes et des hommes.

Le jeudi soir il ne se passait rien de particulier dans le quartier de la gare. Le vendredi matin il fallait se lever tôt pour aller au chantier ou faire le ménage, le samedi également. Alors, après le repas, la fatigue de la semaine dictait souvent le programme de la soirée. Si le jeudi ne tombait pas un jour de paie, le club restait fermé, les bars tournaient au ralenti, les filles traînaient tard sur le trottoir.

Le jeudi 25 avril 1974, en éteignant la lumière de sa chambre, David s'était demandé s'il ferait beau le lendemain et si ces

---

9 Boule de pain garnie de bas morceaux de viande fumée.

prétentieux de Benfica se feraient battre samedi. Dans le salon, Fernando luttait pour ne pas être aspiré par le tourbillon que les voisines cachaient sous leurs fuseaux. La nuit s'installait. Fernando crut entendre la voix de Vítor, que tout le monde appelait « le communiste ». On aurait dit qu'au moment de s'abandonner dans une voisine du dessous il avait hurlé de tout son soulagement : « *dentro de ti, o cidade* » ; ce qui, littéralement, signifiait : « en ton sein, ô cité ». Paroles insensées. Fernando se rendormit.

Quand Carlos, le nouveau patron de Fernando, le récupéra pour l'emmener sur le chantier, ils échangèrent quelques mots sur la météo : les jours s'allongeaient, ils allaient peut-être rattraper leur retard s'il ne pleuvait pas trop. La journée avait filé au rythme des bétonnières. Ce n'est qu'au soir du 26 avril, quand la décision d'annuler certains matchs de football fut annoncée, qu'on entendit dire dans le quartier de la gare que ça bougeait au pays. Depuis la veille, un coup d'État militaire soutenu par la population mettait fin à trente-neuf ans de dictature. C'était donc ça que Vítor le communiste fêtait lorsqu'il entonnait, le nez dans le soutien-gorge d'une voisine, *Grândola, Vila Morena,* le chant de ralliement de la révolution des Œillets.

Au club, la plupart des hommes étaient nés sous l'*Estado Novo* et n'avaient jamais rien connu d'autre. Ils hésitaient entre incrédulité, peur du vide et soulagement. « Ça va pas durer trois jours leur histoire, c'est pas quatre généraux qui vont tenir le pays. » Puis vint l'inquiétude : et si les communistes prenaient le pouvoir ? Puis vint l'hystérie : et si l'URSS phagocytait le pays ?

En toile de fond, chacun cherchait une bonne raison pour rester éternellement rue Saint-Esprit. Les quelques années passées loin du pays avaient fait d'eux des étrangers. Qu'ils aient fui la misère, la dictature, ou comme David « les complications », ils avaient fui. Ici, ils avaient commencé à écrire une nouvelle histoire et tout arrêter pour repartir là-bas revenait à abdiquer une nouvelle fois. Tous ceux qui, depuis la naissance, n'avaient jamais rien vu d'autre que l'impeccable coupe en brosse d'António de Oliveira Salazar faisaient face à un sentiment étrange, une espèce de nostalgie dont chacun mesurait l'obscénité. Mais avec la disparition des ombres de Salazar et de Caetano le successeur, ils expérimentaient cette possibilité absolument nouvelle de dilatation des existences. Comme si, arrivés à quarante ou cinquante ans, alors qu'ils posaient à peine leurs valises en carton, il fallait embarquer pour un nouveau voyage, viser encore un autre horizon. La plupart savaient qu'il était trop tard pour ça. Ils avaient composé avec le cadre serré de l'*Estado Novo* et ce changement ne faisait que compliquer leur situation. Pour leurs descendants, peut-être, ce serait différent.

Mais leurs enfants, après un an ou deux dans la rue de la gare étaient des êtres hybrides plus vraiment portugais, pas encore français, qui avaient trop goûté à ce pays pour accepter de retourner au village. Comme les touristes dans le tramway de Lisbonne, à l'occasion de vacances au pays, ils découvriraient un jour la *saudade*, la nostalgie de ce qu'on n'a jamais connu. Partagé entre l'assignation à la joie et les craintes soulevées par ce coup d'État pacifique, António avait offert une tournée à tout le monde en précisant : « On va bien voir les conneries que vont nous faire les nouveaux. »

David n'avait rien dit le soir même, mais sa décision était prise. Il fallait rentrer au Portugal au plus vite. Il avait perdu assez de temps à faire le maçon. À présent il savait qu'il n'y avait rien à faire avec le calcaire. Au diable Colpijn ! Le commerce allait reprendre parce que le pays allait s'ouvrir. Surtout, avec ces changements, les habitants du village allaient se passionner pour de nouveaux sujets : les élections libres, les journaux libres, la télévision libre, le commerce libre. On oublierait un peu ses complications.

Grândola, Vila Morena
avril 1971

Le roi Elton John siégeait en bout de table, le regard traversé par des éclairs d'excitation. À sa droite, l'air maussade, Roger Waters offrait son profil chevalin aux onze autres convives. Elton parlait de puissance mélodique. Il avait cité Bach, Chopin et Beethoven au moins dix fois, s'exprimait avec nervosité, renversant à plusieurs reprises la sauce du ragoût de pommes de terre sur la nappe vichy. L'ingénieur du son trempait sa mie de pain dans le jus de viande, il scrutait avec attention l'absorption du liquide, la coloration de la mie quand elle regonflait. Les ascensions émotionnelles nées de la rencontre entre les accords de basse et de piano ne passionnaient que le bout de table : « Le piano doit galoper, la basse donner l'impression de courir un peu plus lourdement derrière durant le couplet, et sur le refrain, il faut tout étirer, comme un ralenti, on doit suspendre le son pour créer l'émotion. C'est ça la recette. Des blanches et des rondes, des blanches et des rondes ! » En entendant le mot « recette », l'ingénieur du son releva la tête mais, constatant qu'il n'était pas question de cuisine, porta la mie dégoulinante à sa bouche pour se consoler des longues sessions d'enregistrement à venir.

Roger Waters au contraire commençait à s'animer. Son sourcil surélevé trahissait l'exaspération. Elton et ses gentilles mélodies, tout son numéro du bout de la table, il en avait assez entendu. À un moment, sans vraiment écouter ce que l'autre était en train de raconter, il l'interrompit : « Les strates ! Tu ne prends pas en compte les strates. C'est le plus important. La musique se fera dans l'épaisseur. Les couches sonores doivent communiquer entre elles, créer un épais velours. Une ambiance, une atmosphère. Et à partir de là déployer des touches harmoniques, une sorte de tissage au fil des sonorités. La technologie va nous permettre de densifier le son comme jamais. Tu ne peux pas faire abstraction des évolutions technologiques, elles ouvrent de nouvelles possibilités harmoniques. » Elton éclata de rire : « Les Pink Floyd, vous êtes très bons, mais vous êtes des petits intellos ! Je ne fais pas de la recherche musicale, je fais de la musique. » Les convives redoutaient la réponse de Roger. Le silence absolu se fit. La sauce du ragoût se figea, on aurait pu voir le lustre à pampilles s'y refléter. Finalement, Roger répondit en souriant : « T'as peut-être raison. » À l'autre bout de la table, au milieu des techniciens de studio, José Manuel Cerqueira Afonso dos Santos dit José Afonso essayait en vain de traduire la discussion entre ces éminents personnages qui voulaient changer la musique. Lui se demandait juste comment finir sa chanson.

Le château d'Hérouville était à deux heures de Paris, dans une campagne aux forêts épaisses et aux ciels bas. À deux heures de l'agitation de la capitale, et déjà dans un autre pays où quelques tracteurs avançaient au ralenti sur des routes cabossées, doublés au triple galop par la Rolls-Royce d'un quelconque rocker anglais. Pas de « route de la mort », ici, on mourait d'ennui. Les seules traces de vie se trouvaient « chez les drogués » comme disaient les habitants du cru, peu habitués aux orgies à la pleine lune et aux hurlements des guitares. Faire un studio d'enregistrement si loin de Paris, drôle d'idée. Transformer un château en studio d'enregistrement, très drôle d'idée. Tenter de faire vivre les ego d'artistes dans un endroit reculé où chacun resterait pour dormir, manger, et travailler… Les créateurs des lieux ne manquaient pas d'audace.

Au cœur de cet improbable projet, il y avait une certaine idée du partage, de l'échange, de la communion entre artistes de différents pays, de différents horizons. Pensait-on vraiment qu'une immense star allait prêter attention à ce que disait une autre ? Ou, encore plus improbable, allait-on demander son avis à un petit type aux cheveux crépus qui se tenait en bout de table avec les techniciens ? José Manuel Cerqueira Afonso dos Santos dit José Afonso n'avait pas accès aux deux studios principaux : le premier était dédié à Elton John, l'autre aux Pink Floyd. Dans l'aile nord il disposait d'une mixette quatre pistes pour produire son disque. La discussion du midi l'avait noyé sous d'inédits questionnements. Quand Roger avait évoqué l'épaisseur du son, José avait fixé attentivement son assiette en espérant que l'autre ne lui demanderait pas son avis. Mais Roger n'avait même pas remarqué José. Depuis, il nourrissait une sorte de complexe et se sentait un chanteur lilliputien. Lui n'avait jamais réfléchi à ces histoires d'épaisseur du son, au galop de la basse et aux évolutions technologiques à venir. Il essayait d'enregistrer une petite chanson en remerciement aux habitants d'un village pour leur très sympathique accueil au moment de ses premiers vrais problèmes avec la PIDE. Grândola Vila Morena, c'était le nom du village. Il avait été si ému en donnant son concert dans une étroite et sombre salle des fêtes pleine des villageois que, par politesse, il voulait leur composer une petite chanson. Fallait-il s'accompagner à la guitare ? Mais alors, quid de l'épaisseur du son ? Au piano et à la basse comme le disait Elton ? Il se sentirait ridicule, c'était un petit auteur de fado pas une pop star. En essayant de plaquer des accords de guitare sur son texte il mesurait le côté excessivement romantique de sa mélodie, ça n'allait pas avec le texte, pas plus qu'avec sa voix fluette. Il parlait des hommes, du peuple qui commande au sein de la cité. Il ne s'agissait pas de se lamenter sur le retour de l'être aimé.

Qu'auraient fait les Anglais ? Elton aurait posé un piano un peu grandiloquent : Grândola/ Vila/ Morenaaaaaaaaaaaa/ Terra/da/fraternidaaaaaaaade. Des blanches et des rondes partout. Puis une basse pachydermique derrière et des phrases rapides O/ povo/é/quem/mais/ordena/dentro/de/ti/ó/ cidade ; puis nouveau piano grandiloquent sur le refrain et des « lalala » autour pour faire fleuri. Ce serait un désastre.

Si Roger Waters avait pris les commandes ça n'aurait pas été plus convaincant. Une longue nappe d'orgue, un peu comme celui qui servait à accompagner le père Boavista le dimanche à l'église du village. Au bout de douze mesures de cette ambiance pesante, une batterie qui démarrerait en *fade in*, comme évadée de sous l'orgue, bientôt rejointe par une basse sourde qu'on distinguerait mal de l'orgue. Un mot ricocherait de l'enceinte droite à l'enceinte gauche et zigzaguerait dans la *reverb* : Grândola. Enfin, deux notes de guitare : une neutre, l'autre stridente. Deux autres mots un peu plus loin : Vila

Morena. Puis disparition de la batterie sous la basse, retour au premier plan des nappes d'orgue qui répondraient à l'écho des trois mots prononcés. Le morceau devrait s'étirer sur trente-cinq minutes pour venir à bout du texte de quatre strophes que José avait écrit. Qui serait encore dans la salle des fêtes du village pour l'entendre conclure, en s'extirpant des épais fils de tissage qui transformaient sa chanson en écharpe : « *À sombra duma azinheira/que já não sabia a idade !* » soit, littéralement, « à l'ombre d'un chêne vert qui ne connaît pas son âge » ? Égaré, il quitta son studio d'enregistrement pour faire quelques pas dans le château. Arrivé dans le hall il salua Perpetua, la femme de ménage avec qui il essaya d'entamer la conversation, sans succès. Absorbée par sa serpillière et désireuse de ne s'attirer aucun ennui, elle sourit poliment à ce type dont elle savait vaguement qu'il n'était pas aimé de Salazar. Il n'en fallait pas davantage pour maintenir une distance de sécurité. Elle répondit par monosyllabes à ses quelques questions puis, voyant qu'elle n'arriverait pas à s'en défaire aussi facilement que les traces de vin qu'elle venait d'effacer sur le sol, elle prit la direction de la cuisine, laissant José planté au pied de l'escalier monumental. Dans les studios des rockeurs stars, le cirque continuait. Elton devait certainement philosopher sur les vertus du *si* bémol tandis que José vit débarquer Roger Waters avec un ampli sous le bras et sa guitare électrique sous l'autre, suivi par l'ingénieur du son et son regard de cocker. Il se figea au milieu des marches. L'air excédé il gratta une note, stridente et râpeuse. Il la laissa emplir tout l'espace, il était à présent extatique. La seconde suivante il revint à lui et, s'adressant à l'ingénieur du son comme à son chien, il dit : « L'acoustique est sublime ici, les prises de guitare tu vas me faire le plaisir de les faire ici. C'est incroyable quand même, c'est pas mon château bon sang ! Pourquoi faut-il que je découvre l'acoustique de ces escaliers alors que tu travailles ici toute l'année ! » Roger disparut, seuls sa guitare et son ampli jonchant les marches témoignaient de son passage. Il avait laissé, pour souvenir, le son strident d'une guitare électrique dont l'écho agonisait dans la cage d'escalier.

Pour la féliciter de l'obtention de son bac C, les Turca avaient offert à Hélène une chaîne hi-fi aux éléments séparés : lecteur cassette et platine vinyle JVC, ampli Schneider, tuner Philips. *Honky Château* d'Elton John, *Obscured by clouds* des Pink Floyd et *Cantigas do Maio* de José Afonso se retrouvaient, bien des années après les mémorables sessions d'enregistrement et les ragoûts juteux, serrés les uns contre les autres, au milieu de sa collection de disques. Chacun renvoyait à des émotions et des ambiances spécifiques qu'elle croyait originales. Pour planer en fumant un joint, rien ne rivalisait avec le disque à la jaquette aux rebords arrondis des Pink Floyd. Pour se donner de l'élan et se convaincre qu'une vie loin de ses parents existait, l'optimiste piano de *Rocket Man* était tout indiqué. Enfin, quand elle rêvait du grand soir, de ce moment où les hommes s'uniraient pour bâtir un monde de fraternité et d'égalité, elle lançait José Afonso, l'ancien prisonnier politique reconverti en porte-parole des lendemains qui chantent. Si Hélène avait prêté attention aux crédits elle aurait lu, en petits caractères, sur chacune des pochettes : « Enregistré au studio d'Hérouville en 1971 ».

La révolution des Œillets était vieille d'un an quand elle avait rencontré Fernando mais elle le considérait tout de même comme un réfugié politique. Pour principal acte de résistance, il déplaisait à ses parents ; cela comblait ses aspirations de grand air, de révolte et d'horizon. Pour lui plaire déjà, elle avait appris les paroles de la chanson *Grândola, Vila Morena* qui figuraient à l'intérieur de la pochette du disque de José Afonso. « C'est la chanson de votre révolution, tu devrais la connaître. Vous avez mis fin à la dictature sans aucun coup de feu, tu te rends compte ? Les Français ont coupé des milliers de têtes et vous, pas un mort, avec des militaires à la manœuvre en plus ! » Un œillet rouge avait fleuri au Portugal et chacun projetait ses rêves sur le petit État. Le bêlement de José Afonso assurait la musique de fond de cette hallucination collective. Il avait renoncé à changer la musique, renoncé à la guitare sèche, à la guitare électrique, à l'orgue, à la batterie, à la basse et au piano. Dégagés tous les instruments, effacés tous les arrangements. Les habitants de Lisbonne avaient entendu les discrètes notes résonner sur Radio Renascença, aux premières heures du 25 mai 1974, signal du début de la révolution des Œillets. Pour sa chanson qui changerait son pays et donnerait pendant un temps au moins, l'espoir d'une vie meilleure, il s'était appuyé sur sa voix de fillette enrhumée, un cœur d'hommes quasi militaire, et le bruit de leurs pas pour donner le rythme.

Le bruit de dizaines de bottes qui battent en cadence venait de réveiller Fernando. Le nez planté au plus profond des coussins, il lui fallut quelques secondes pour réaliser où il se trouvait. Dans ce moment de flottement, ses pensées se troublaient. Il se revoyait dans la chambre d'Hélène quand ses parents n'étaient pas là. Elle, posant délicatement la pointe du diamant sur le vinyle de José Afonso, lui, posant avec crainte ses doigts sur la pointe de ses seins. Les bruits de pas qui lançaient la chanson. Elle qui parlait de la révolution dans son pays à lui. Lui qui luttait contre la peur de l'inconnue qu'il s'apprêtait à découvrir. Puis Fernando compris qu'il s'était endormi sur la méridienne et que depuis des années, plus rien d'Hélène ne lui était inconnu. Avant que la nostalgie ne s'installe, Clint apparut à l'écran et Fernando, soulagé, se sentit immédiatement à sa place. On diffusait *Le Maître de guerre*, ce film sorti en 1986 dont le titre en espagnol est *El caudillo*. La version ibérique diffusée ce soir-là était en tout point conforme à la version française que Fernando avait vue cinq ou six fois. Seul le doublage réservait quelques déceptions. Le placide sergent Tom Highway était doté pour l'occasion d'une voix nasillarde qui débitait bien trop de syllabes pour ses rares et brèves ouvertures de bouche. Hormis cette légère contrariété, Fernando se réjouissait de retrouver Clint Eastwood au milieu de cette nuit où il aurait dû se débattre seul avec ses souvenirs et déceptions. Très vite, le rythme des pas de José Afonso disparut devant les boots virils des Marines.

Le sergent Highway (les Espagnols prononçaient raïouaille) se lamentait devant la nullité des nouvelles recrues, il n'avait pas de mots assez durs pour tenter de les inciter à enfin devenir de vrais hommes. Ceux qui n'avaient jamais eu à diriger des équipes parleraient certainement d'humiliations, mais Fernando qui composait chaque jour avec ses huit salariés, tous plus butés les uns que les autres, approuvait toutes les méthodes de dressage susceptibles de rendre leur docilité aux humains. En voyant le sergent Highway hurler dans le dortoir devant un lit mal fait, il pensa à la réunion de chantier du matin où il avait traité un des frères Dias de sac à merde fainéant pour lui signifier qu'il n'appréciait pas le retard pris dans les travaux. Le sergent Highway aurait, il en était certain, apprécié. Sa vie était définitivement un film de Clint Eastwood.

Son attention à présent focalisée sur la coupe en brosse du sergent Highway se détournait du souvenir des premiers jours avec Hélène. Il lui aurait fallu une longue concentration pour retrouver l'image de l'adolescente qui menait la révolution depuis la chambre de la maison familiale, keffieh autour du cou en solidarité avec les peuples opprimés. Son humeur à l'époque semblait continuellement à vif. L'évocation de ses parents donnait lieu à des flots d'injures, la ville était qualifiée de mouroir, le pays d'hospice. Seul un ailleurs dont on ne cernait pas bien les contours constituait un endroit acceptable pour vivre, sans qu'on sache réellement si cet ailleurs était autre chose qu'une chimère. Fernando s'étonnait déjà qu'elle le tolère à ses côtés, il s'étonna davantage quand elle l'embrassa, puis quand ils couchèrent ensemble. Étrangement, dans les moments d'intimité, Hélène la pasionaria se révélait douce, très affectueuse, câline. Une fois nue, elle s'accrochait à lui comme un navigateur échoué à la bouée qui le sépare de la noyade. Fernando appréciait trop ces moments tendres pour prendre le risque de les faire disparaître en encombrant leur histoire de certains faits sans importance : ses parents n'avaient pas été traqués par la police politique, ils n'avaient pas combattu Salazar depuis la France (à quoi bon expliquer que, même si l'*Estado Novo* survivait, lui était mort depuis des années quand ils avaient quitté le village), ils n'étaient pas rentrés au pays pour bâtir une nation nouvelle. Il se rassurait en se convainquant qu'il n'avait jamais menti à Hélène, même s'il n'avait pas plus cherché à contraindre son imagination romantique. Sa seule expérience des femmes jusqu'alors l'incitait à ne surtout pas effrayer cette maîtresse qui se donnait avec tant de générosité et de passion. Avec elle il se sentait devenir quelqu'un, un homme.

Avant elle, Fernando n'avait connu que très rapidement les mains d'une voisine au fuseau. Un jeudi soir loin des jours de paie, bien après le départ de ses parents pour le Portugal, il était discrètement retourné dans le quartier de la gare, pour monter avec celle qui se faisait appeler Dora. Il avait regardé ses fesses retomber quand elle avait fait rouler son fuseau. Elle avait laissé la porte de la salle de bains ouverte. Allongé sur le lit il la suivait du regard et suffoquait d'excitation en la voyant enjamber le bidet. Lui faisant face, elle souriait en envoyant des petits jets d'eau vers son sexe avec sa main dans un geste qui pouvait signifier « viens par là mon petit ». Elle s'allongea à ses côtés et lui caressa lentement le torse. « Ça me fait plaisir que tu viennes me voir. Ton frère passe de temps en temps mais toi jamais. » Sa main se promenait au milieu des poils naissant autour de son nombril, elle parlait avec douceur. « C'est drôle, tu as les mêmes pouces que ton père. » Elle avait prononcé cette phrase tout en mettant sa main sur le sexe de Fernando. Incapable de résister plus longtemps, il jaillit sur ses doigts, imaginant avec répulsion David le frère et David le père, allongés là à sa place. David le père avec ses pouces écrasés comme des saucisses cocktail prenant du bon temps avec Dora la mauvaise femme pendant qu'à l'étage au-dessus Maria la sainte mère faisait dessaler la morue.

Se laisser abrutir par les bruits du chantier, les vibrations du tractopelle et les images à l'écran. Les grimaces du sergent Highway maintenaient à distance ses souvenirs et ses états d'âme. Tant que la chemise impeccablement repassée du sergent Highway s'agitait, le jeune homme qui s'efforçait de gommer son accent portugais pour plaire à Hélène la Française se tenait très loin, dans un autre espace-temps. Il pouvait y rester définitivement enfoui.

La lettre au père
avril 1995

Papa,

Une nouvelle fois j'essaie d'écrire cette lettre et comme toujours, chaque mot m'est difficile. Je t'appelle Papa dans cette lettre parce qu'il faut bien trouver une façon de m'adresser à toi. Dans la vie, nous ne nous adressons jamais l'un à l'autre. Maman est notre courroie de transmission. Du moins, c'était le cas avant que tu disparaisses dans ton canapé. Ou plutôt dans ta méridienne comme elle me fait remarquer. Je t'appelle donc Papa. J'ai renoncé à t'appeler Fernando car ça créerait une trop grande distance entre nous et surtout c'est comme ça que t'appellent tes ouvriers. Même si tu as tendance à croire que nous sommes tous un peu tes ouvriers, à commencer par Maman à qui tu as attribué les fonctions de femme de ménage, secrétaire et cuisinière, je n'ai aucune envie d'intégrer ton équipe.

J'ai pensé t'appeler « père », je crois que c'est comme ça que tu appelais le tien. Enfin, plus exactement, je crois que c'est comme ça que les Portugais appellent le leur. Je ne suis pas portugais, ici seuls les enfants des très vieilles familles utilisent « père » et « mère » pour s'adresser à leurs parents. Notre lignée de marchands d'engrais, de maçons et de paysans ne me donne aucune légitimité à t'appeler « père ». Il ne me reste donc plus grand-chose et, pour ne pas être plus long, j'opte pour « Papa » sans que ça traduise réellement l'affection attachée à ce mot.

Avant d'aller plus loin j'ai un autre problème : liras-tu cette lettre ? Je ne me demande pas seulement si tu voudras la lire mais également si tu sauras la lire. J'ai beau passer en revue les années à tes côtés, je n'ai pas le souvenir de te voir lire, ni un livre, ni un journal, ni un prospectus. Il me vient une conversation entre toi et António Dias, il y a six ou sept ans, j'entrais au CP, je suis à peu près certain de t'avoir entendu dire : « Qu'il sache lire je m'en fous, du moment qu'il sait compter. » Alors, j'écris cette lettre, mais c'est sûrement pour rien. Une fois écrite il faudra d'ailleurs te la remettre. Est-ce que j'en aurai le courage ? Est-ce que je vais me planter face à toi quand tu te déchausses, quand tu pars en courant jusqu'au canapé ? Est-ce que je vais la laisser en évidence sur la table basse du salon ? Si je veux être sûr que tu la reçoives, il me faudra la coller à l'écran de la télé.

Tous les deux, nous avons toujours eu un problème. Tu aurais voulu un fils comme David Guimarães qui passe sa vie entre un terrain de foot et le chantier. J'ai essayé d'être ce fils mais je joue mal au foot, je suis trop lent. Je déteste le foot. Je me suis inscrit au club pour faire plaisir à maman. Elle m'a souvent dit que ce serait bien si je jouais au foot. J'ai mis longtemps à comprendre qu'elle ne me demandait pas de faire ça pour elle, mais pour toi. Je n'aime pas non plus l'atmosphère des chantiers, tout y est poussiéreux, sale, collant. Un jour tu as essayé de me faire conduire une minipelle, tu as dû te dire que tous les garçons aimaient les machines. En une heure je n'ai pas réussi à sortir une poignée de terre. Pourtant tu étais dans la cabine avec moi, tu me montrais les boutons sur lesquels appuyer. Tu as essayé, je reconnais. J'ai senti chez toi la même déception que la fois où tu es venu me voir jouer au foot. Nous avions perdu. Tu m'avais juste dit : « Tu n'as pas beaucoup couru. » Tu étais resté à l'écart des autres parents. Tu pensais qu'ils te méprisaient parce que tu es portugais. Comme si c'était marqué sur ton front, et comme s'ils en avaient quelque chose à faire de toi : ces parents-là venaient voir leurs enfants.

En français nous étudions une nouvelle de Dino Buzzati, *Pauvre petit garçon !* Je ne te parle pas de livre pour te mettre mal à l'aise. Mais malheureusement pour toi je préfère lire plutôt que compter. Peu importe l'histoire, je me suis juste demandé comment tu étais quand tu étais enfant. Est-ce que toi aussi ton père a disparu dans une méridienne ? Tu as vécu longtemps au Portugal ? À partir de quel âge tu n'as plus vu tes frères et ta sœur ? Je crois que j'ai cinq cousins. Il y a trois ou quatre ans j'ai joué avec un certain David et un certain Serge dans un appartement minuscule vers la gare. Je crois que ça n'a pas duré longtemps. Nous avions sorti quelques Playmobil mais je sais que nous n'avions pas pu commencer à inventer une histoire. Tu m'as dit de me lever, maman te suivait. Il y avait une grosse dame qui tenait la porte. Elle a dit « dehors » mais maman n'arrêtait pas de me parler. J'ai quand même entendu quand elle a dit « dehors ». Je n'ai plus eu de cousins ensuite.

À table à une époque tu parlais un peu. Il y avait des mots mystérieux : la banque, les fournisseurs, les chantiers à livrer, la cimenterie, les lignes de découvert, le « black ». Je vois toujours mal de quoi il est question. Parfois il y avait des noms de tes clients : Lissague, Olarzabal, Fromentin, Fontan. Même si je n'y comprenais rien j'étais impressionné par ton monde et ce que tu avais réussi à faire, sans l'aide de personne. La plupart du temps maman assurait l'animation à table. En fait, quand tu as vraiment arrêté de nous parler j'ai compris que, depuis toujours, tu ne nous parlais quasiment pas. Je ne sais pas pourquoi j'écris tout ça. Peut-être pour te dire que, si je n'étais pas le fils dont tu rêvais, tu n'es pas le père dont je rêve non plus. Si j'avais eu le choix, même monsieur Martin, « le feignant », aurait fait l'affaire. Qu'il travaille à la mairie, je m'en fiche. Pourquoi cette obsession avec les gens qui travaillent à la mairie d'ailleurs ? Son fils était encore plus nul que moi au foot. Mais monsieur Martin venait aux entraînements, des fois il mettait les crampons et enfilait une chasuble pour nous faire des passes. Il était encore plus mauvais que son fils. Pourtant, malgré leur Citroën BX pourrie et leurs pieds carrés, je les enviais.

Enfin, je ne t'écris pas vraiment pour ça. J'en profite, mais ce n'est pas mon but. Mon but, c'est que tu t'en ailles. Je crois que quelqu'un doit te le dire. Tu n'attends que ça. Maman n'osera jamais car elle a trop peur d'être seule, ma sœur est trop petite. Et autour de nous il n'y a plus personne. Alors je te le dis, tu peux partir. Tu peux l'embarquer avec toi, ta chère méridienne, et t'en aller regarder tes films de Clint Eastwood où tu veux. Mais maintenant tu dois partir. Je ne veux pas que nous coulions tous avec toi. Sans un mot. Sans une explication. Tu arrives à nous faire culpabiliser alors qu'au fond tu n'as juste pas le courage de t'en aller. Pars.

Retour à la terre
février 1993

Que ces routes espagnoles sont tristes. Heureusement, en regardant l'aiguille bloquée sur le compteur à cent quatre-vingt-dix, Fernando retrouvait le moral. Il avait quitté la maison quelques heures après l'annonce du décès de son père. Juste le temps d'informer brièvement Hélène : « Je serai bientôt de retour. » Les six cents premiers kilomètres furent avalés d'un coup. Vers Burgos il crut voir les jumelles des policiers ; ce n'était qu'un épouvantail planté dans un champ. À cet endroit, la gomme des pneus marquait le bitume de longs traits noirs ; bientôt la pluie les effacerait.

Il passa la frontière rapidement, un simple contrôle visuel des douaniers suffisait. Vive l'Europe ! Ensuite, enfin, les routes du Portugal. Les pins et les eucalyptus défilaient si vite qu'on n'en distinguait ni les troncs ni les feuillages. Ces arbres, disait-on, brûlaient comme des allumettes. Un amas vert uniforme rythmait les bords de routes et étouffait les crissements de pneus. Le train arrière de l'Alfa chassait légèrement dans les virages, juste de quoi garantir la reprise de vitesse en sortie de lacet. À chaque accélération nerveuse il entendait le grognement métallique du moteur, il se sentait comme un pilote de course sur la glace. Arrêt aux stands. À la première station-service il fit le plein, le réservoir était sec. Galvanisé par son grand prix il salua bruyamment le pompiste.

– Salut ! Je vais vous prendre un café, et le plein pour l'Alfa. On roule bien ce matin. Je suis parti de France il y a moins de cinq heures.

– Pardon, vous pouvez répéter ? Je n'ai pas compris.

– Je disais, je suis parti de France il y a moins de cinq heures.

– Ah, d'accord, vous êtes français. Je me demandais d'où venait cet accent.

Son premier contact de la journée avec un habitant du pays le renvoyait à son statut d'apatride. Vexé, il goba son café brûlant en feignant d'ignorer la douleur qui parcourait chaque centimètre de son tube digestif. Il balança une pile épaisse d'escudos sur le comptoir et, sans attendre sa monnaie, repartit vers le village. Putain d'arriérés, pensa-t-il en apercevant dans son rétroviseur le pompiste qui recomptait les billets.

Une immense ligne droite traversait le plateau qui menait au village. Un jour, dans quelques années, les journalistes l'appelleraient « la route de la mort ». Lancée à vive allure sur cette bande qui coupait la forêt, l'Alfa croisa un tracteur toussant une fumée noir mazout, une charrette tirée par un âne, une Mobylette à bout de souffle chevauchée par un homme, sa femme et leur fils. Il dépassa l'ancien hangar des Oliveira sans vraiment le voir, concentré sur la saleté des chemins alentour. Chacun déposait là ses gravats et ses poubelles, des petits bûchers s'amoncelaient partout où un camion avait assez de recul pour renverser une benne. De rares vignes parfaitement entretenues marquaient la fin momentanée du dépotoir, les gravats faisaient alors office de borne. Ensuite les ronces et les mauvaises herbes reprenaient leur cohabitation. Quand, au milieu de l'enchevêtrement de broussailles, il aperçut le panneau indiquant la direction du village sur sa gauche, vers une piste en contrebas du plateau, Fernando revint à lui et freina violemment.

De l'ancien hangar des Oliveira il ne connaissait pas grand-chose. Tout juste savait-il que son père l'avait racheté des années plus tôt pour y entreposer de l'engrais, cette matière presque liquide qui fixait son odeur d'ammoniaque sur les vêtements, rejoignait la terre qu'elle enrichissait prétendument, avant de disparaître. Comment son père avait-il pu consacrer une vie à ce produit dont seule persistait la puanteur ? Avant d'aller voir son cadavre, il voulut comprendre, fit demi-tour nerveusement au beau milieu du long plateau, prit la direction de l'ancien hangar des Oliveira tandis que l'Alfa déposait sur le goudron d'autres traces de pneus. De son vivant Vasco était resté un mystère mais il n'était plus là. Personne ne s'opposait à la manifestation de sa vérité. Et Fernando savait que le cadavre n'avait rien à dire, qu'il fallait remonter la piste de l'absent ailleurs que dans son foyer. Que c'est au travail que les hommes comme lui, les hommes comme Clint, les hommes comme Vasco, donnent toute leur mesure. Il savait l'énergie qu'il faut pour dissimuler ses secrets, continuer à vivre parmi les autres tout en gardant, pour soi, une part d'indicible, cette part qui, plus que tout ce qu'on exhibe, vous constitue. Cette part qui enfle progressivement pour faire d'un homme un mystère pour ses semblables. Jusqu'au jour où la machine ne tourne plus. Fin de partie. Le moteur ne tourne plus, c'en est fini de l'agitation qui détourne l'attention. Tout à coup les secrets remontent à la surface, exhibant leur face la plus laide, comme ces poissons rouges qui montrent leurs gros ventres blêmes lorsqu'ils meurent. Un aquarium et des dizaines de poissons flottant sur le dos. Voilà ce que Fernando était venu chercher dans ce dépôt.

Il se tenait au milieu du grand entrepôt désert dont le parfum familier le renvoyait aux habits de son père et à leur effluence d'opprobre. L'endroit était sinistre. Lui non plus n'utilisait pas souvent ce mot. Il fallait vraiment que son père ait honte de l'argent qu'il gagnait pour être resté là. Et pire encore, pour y passer l'essentiel de son existence. Il aurait pu acheter quelque chose de plus grand, de plus confortable, il pouvait sans problème payer un grand local moderne en ville, avec de la place pour manœuvrer, une isolation digne de ce nom et une installation électrique aux normes. Mais non, il avait fallu rester là, près du village et des autres, ne pas changer les néons grillés, pour ne pas attirer leur attention et pour ne pas être vu depuis la route. Ne pas repeindre la façade extérieure qui n'avait jamais eu un coup de peinture, pour ne pas laisser penser qu'il avait les moyens de le faire. Sinon on lui demanderait d'en prêter, ou les impôts se pointeraient. Ou alors, tous ces voleurs revenus d'Angola et du Mozambique débarqueraient pour le dépouiller. Pire encore, les terroristes du FP-25, ces communistes déçus de la révolution des Œillets, le kidnapperaient et l'exécuteraient, comme les autres. On mettrait son nom sur un tract en expliquant que la justice populaire était passée. La justice populaire... Chaque jour le monde inventait de nouvelles raisons de craindre la vie. Et puis, tous les problèmes laissés ici au moment du départ vers la France n'avaient fait qu'attendre et grandir. Le temps n'avait rien réglé. Un jour ils viendraient réclamer leur héritage. Alors tout ce qui touchait à son travail faisait l'objet d'une savante dissimulation, et comme il était indissociable de son travail, lui-même disparaissait dans son propre tour de magie.

Fernando repensa à ces mots : « Ne me faites pas honte », ainsi qu'un sourire échangé après une visite à la cimenterie. Là il avait vu pour la première fois du béton sortir d'une centrale et remplir un camion toupie, ces drôles d'engins dont l'immense benne cylindrique tourne sur elle-même pour brasser le mélange. Si à quinze ans il avait choisi de travailler pour un patron maçon plutôt que de continuer l'école primaire c'est qu'il avait vu cette imposante matière grise brassée, onctueuse, douce et dense, qu'on déversait par à-coups dans la benne d'un camion. Dans ce mouvement on sentait tout le poids de la matière, compacte, épaisse, et déjà robuste. Ensuite, avec son père, ils avaient mangé une paella. David le père avait souri, c'est bien qu'il devait être heureux. Puis il était redevenu silencieux et préoccupé. Comment occupait-il ses journées françaises ? Peut-être travaillait-il sur des chantiers comme tous les autres. Lui, l'ancien commerçant aux mains toujours propres, en avait certainement honte. Ou alors il restait au club à jouer aux cartes, et il gagnait assez pour assurer une vie correcte à sa famille dans ce deux-pièces de la rue Saint-Esprit. Quelqu'un, un soir, avait parlé d'un casino. Mais tout ça tournait dans la tête de Fernando, se mélangeait et se figeait sans qu'il puisse revoir distinctement un à un chaque élément, exactement comme le ciment qui se transformait dans la benne du camion toupie.

Il était là, dans l'ancien hangar des Oliveira, royaume de Vasco, serpentant au milieu des palettes de sacs d'engrais, d'un tractopelle hors d'âge et des quelques bouteilles vides de Sumol rapportées par le vent. Pas de peinture, les murs étaient en béton brut, comme le sol. L'endroit était gris et froid. Rien de bien éloigné de l'atmosphère de ses chantiers. Sur un mur on avait accroché un calendrier mettant en scène une jeune femme à la chevelure dense et savamment permanentée. Nue, d'une main elle cachait son sexe, de l'autre elle pressait violemment son téton gauche. Son visage barré d'une grimace étonnamment agressive tentait de traduire un désir irrépressible. Un improbable message chapeautait le tout : « Les engrais Fertor, à vos côtés toute l'année. » C'était le coin de pause des salariés, aujourd'hui il n'y avait personne. Ils étaient chez eux, ou autour du cadavre de David comme le voulait la coutume au village. Sinistre. C'était le bon mot. Et Fernando le répétait avec une certaine joie. C'était donc cet endroit vide et traversé par le vent qui donnait sens à la vie de son père.

Fernando monta les escaliers. En arrivant sur le seuil il vit face à lui un grand espace à ciel ouvert encadré par des murs bas. Son père n'avait jamais fini l'étage, c'était une maladie nationale. Seule une pièce, minuscule, disposait d'une toiture. Une table de cuisine, beaucoup trop grande, faisait office de bureau et barrait presque le passage. Des papiers s'entassaient, certains avaient glissé au sol, des dossiers s'imbriquaient les uns dans les autres sans aucune logique. Dans une armoire entrouverte les mêmes principes de rangement avaient été appliqués. Tout se tenait mais celui qui tentait d'attraper un dossier risquait d'être enseveli sous des piles de papier pelure. Ici la dissimulation s'opérait non pas par le vide comme au rez-de-chaussée, mais par l'excès de remplissage. Fernando s'assit sur la chaise en bois bancale où son père devait s'installer lorsqu'il voulait étudier un dossier ou passer ses coups de fil. Face à lui, la fenêtre s'ouvrait vers la route nationale.

Derrière elle, la forêt, et l'ancienne carrière de pierres qu'on devinait à peine. La garrigue avait grignoté les ocres. Tous les rêves de David le père étaient nés autour des cailloux de la carrière et d'une phrase à jamais énigmatique : « quelque chose à faire avec le calcaire »... Fernando ignorait tout de cette histoire de pierres concassées, ces petits cailloux semés par le hasard avec lesquels il se persuadait lui aussi d'avoir balisé seul son itinéraire. En s'avançant vers la table, il glissa ses jambes sous le plateau quand sa rotule buta sur un objet anguleux et froid. Passant les mains sous le bureau, il découvrit, scotché sous la table, un colt rouillé qu'on aurait dit agencé par un enfant. Est-ce que son père avait imaginé défendre sa vie avec ce pistolet ridicule ? Il resta un long moment assis sur la chaise qui, au moindre de ses mouvements, claquait au sol. Il pensait à ce mystérieux père qui s'éclairait au néon dans ce bureau minable et à sa vie confiée à un colt rouillé. Une carrière de pierres désaffectée pour horizon et cette odeur d'engrais pour dernière compagne. Lui arrivait-il de penser encore à son fils Fernando, celui qui avait épousé la Française ? Lui en voulait-il encore de ne pas avoir suivi ses mises en garde sur les femmes de ce pays qui n'étaient pas des filles bien, qui tenaient les hommes par la bite et les promenaient toute une vie par le prépuce comme des petits chiens ? Lors de leur dernière entrevue, quand Fernando avait présenté son fils à la famille, il n'avait pas eu le courage de lui poser la question : « Père, est-ce que tu penses encore au cul de Dora, la voisine française aux mains électriques et aux fuseaux scintillants ? » Il resta longtemps assis à brasser ces inutiles questions. David le père était mort. Cette chaise qui tanguait l'irritait. Et ce n'est qu'au moment où il allait se lever qu'il prêta attention au bruit creux que faisait le sol à chaque coup de pied de chaise.

Évidemment. La table pour barrière, le colt rouillé, les heures passées là : dans ce mirador, le vieux avait planqué son argent, bien à l'abri, sous sa surveillance permanente. Rien à la banque, il se méfiait des banquiers, rien à la maison, il n'y était jamais. Alors que de là, il usait ses journées à épier ceux qui viendraient par la route essayer de le voler : les communistes, les banquiers, les impôts, les *retornardos*[10], les supporters de Benfica… Surtout, d'ici – mais Fernando ne pouvait le savoir – il gardait un œil sur la forêt, il la dominait, il pouvait scruter l'immense voûte verte dont il se méfiait tant plus jeune. Il n'en parlait à personne mais hier encore il dormait peu, et redoutait toujours le moment où le cauchemar reviendrait le persécuter : lui, tout petit, courant dans le labyrinthe des arbres tandis que le vent hurlait. Il avait toujours pensé que les problèmes jailliraient d'entre ces branches. Il aurait fallu la raser cette forêt. Fernando ignorait tout de cette histoire et imaginait ce père, trop jeune pour la canne, qui appuyait ses dernières années à la crosse d'un colt grotesque. Comme il était loin de Clint. Comme il devait sembler petit dans sa crainte de l'ultime attaque, avec ses mains si moites qu'elles avaient rouillé le pistolet. « Pauvre con, regarde qui va profiter de ton pognon. » Sous la trappe, bien serrés dans un sac en toile de jute frappé de l'inévitable enseigne « FERTOR », les escudos souriaient à Fernando. Avec son avance sur héritage aux relents d'engrais il allait calmer les banquiers, les fournisseurs, effacer discrètement ses dettes et enfin écrire son histoire de réussite hexagonale qui ne devait rien à personne.

La vérité chez nous va plus loin que la fable.

---

10 Nom péjoratif donné aux rapatriés des colonies portugaises.

Il se mordait l'intérieur de la bouche pour ne pas éclater de rire. On avait allongé son père dans un cercueil en bois de chêne. Il était d'humeur si légère que, pour une fois, il aurait voulu faire une plaisanterie : « Un Carvalho peut en cacher un autre. » David le père, maquillé comme une voisine du quartier de la gare tentait de rester digne, saucissonné dans son gilet et sa veste noire qui sentaient l'engrais. Fernando pensa : « C'est peut-être la décomposition qui a commencé. Mais oui, cette odeur qu'il traînait en permanence sur lui, c'était celle de sa longue décomposition ! Une vie à se décomposer ! » Pourquoi avaient-ils joint ses mains sur sa poitrine ? S'agissait-il donc du gisant d'un quelconque roi portugais ? Cette posture ridicule mettait bien en évidence les pouces en forme de saucisses cocktail dont Fernando avait hérité bien avant la mort de son père. Les agents des pompes funèbres avaient sûrement un compte à régler avec O Vasco.

Les années n'avaient épargné personne, mais Fernanda, sa belle-sœur, avait eu un tarif spécial : le ventre énorme, la peau grasse, les cheveux gras, le poireau poilu, les dents discrètes au contraire du nez. « Je crois que je préférerais baiser avec le cadavre de mon père que de lui rouler une pelle. » Comme il se sentait léger depuis la découverte du butin paternel ! Il embrassa froidement ses frères et sa sœur. Tous habillés de noir, ils entouraient le cadavre du père d'un air grave et étrangement fier, avec, en musique de fond, les jérémiades de Fernanda : moitié hurlements de désespoir, moitié reniflements. Fernando était donc arrivé en dernier, mais il avait une bonne excuse, il devait faire de la place dans son coffre pour loger la fortune du père.

Il y avait rarement de l'animation au village aussi l'église ne put contenir tout le monde. Fernando crut reconnaître celui qui les avait fait quitter leur maison pour partir vers la France. C'était à présent un vieux monsieur et, de toute l'assistance, c'était celui qui semblait le plus sincèrement affecté. Le père Boavista, qui avait fait office de conseiller conjugal à David et Maria, évoqua longuement cette dernière dans son prêche ainsi que la puissance de l'amour qui unissait les êtres et les reliait à Dieu. On sentait bien qu'il n'avait pas grand-chose à dire sur le défunt, ce dernier ayant jusqu'au bout évité sa compagnie. Monsieur Da Cunha, maire à perpétuité, prit brièvement la parole sur le parvis de l'église. Il loua, en quelques mots, le grand attachement de David au village et sa belle réussite professionnelle, « preuve que la République permet à chacun de faire sa place ». Il conclut son hommage en rappelant à tous qu'il faudrait aller voter aux élections municipales le mois suivant.

Fernando n'était pas revenu au cimetière du village depuis la mort de sa mère. Une nouvelle fois il regretta le peu de fierté des habitants qui mettaient en terre, au sens strict du terme, leurs défunts. Quand ses parents étaient rentrés au pays, ils avaient ramené avec eux Armando « le petit » et Linda « la fille ». Fernando avait voulu rester avec David le frère pour faire sa vie en France. Ils avaient quitté la rue Saint-Esprit et logeaient dans un petit studio face à un cimetière. De la fenêtre au premier étage, impressionné par tant de solennité, il contemplait les tombes, les plaques mortuaires de granit et d'or, et les bouquets de chrysanthèmes aux voûtes blanches et grenat. Maintenant qu'il se tenait dans ce cimetière portugais où l'on creusait le sol, déposait le cercueil, et recouvrait le tout d'un tas de terre, il comprenait que les caveaux de famille et les tombes individuelles en béton donnaient aux morts une ultime grandeur. Leur dernière demeure était solide, étanche, résistait aux vents, aux pluies, au soleil et, s'il fallait être trivial, aux animaux. Alignés avec rigueur le long des murs d'enceinte, accessibles par des allées goudronnées et régulièrement désherbées, éclairés de nuit, surveillés par un gardien, surmontés de nobles lettres majuscules exhibant les patronymes comme on le faisait pour les maisons : les caveaux de France avaient la beauté des lotissements. Au contraire, les tas de terre qui entouraient David le père évoquaient un champ ravagé par les taupes. Le cercueil était à présent enterré. Fernando visualisait avec dégoût la vie souterraine qui grouillait et ne tarderait pas à triompher de ce cadavre trop maquillé et de sa pauvre veste. Il était retourné à la terre, à n'en pas douter. Tandis que Fernanda vociférait sa tristesse, Fernando pensa : « Sacré David, jusqu'au bout tu l'auras fertilisée cette terre. » Il n'avait pas le triomphe modeste.

En sortant du cimetière, Pinto le retint par le bras :

– Les autres ne voulaient pas te le dire, mais bon, malgré tout, tu es quand même son fils, alors j'ai pris sur moi, je t'ai appelé.

– Merci encore. Vraiment. Merci.

– Écoute, ça m'ennuie de t'en parler aujourd'hui, mais je suppose que tu ne vas pas rester longtemps chez nous. Je suis vraiment désolé de t'embêter maintenant, mais c'est important. Tu as eu de la chance, tu as pu t'installer en France et faire ta vie. De ce qu'on dit ici tu t'en sors très bien. Tu as ton entreprise et tu es ambitieux. Je sais qu'entre vous c'était compliqué, mais je pense que ton père était fier de toi.

Pour la première fois Fernando sentit l'émotion le déborder. Il mordit à nouveau l'intérieur de sa bouche pour ne rien laisser transparaître. Clint Eastwood ne pleure pas. Pinto fit un signe de tête vers un jeune homme qui se tenait quelques mètres derrière eux. Les cheveux crépus, très noirs, le regard sombre, très triste, son teint mat était parsemé de deux grandes taches blanches de naissance sur la joue et le front.

– C'est Nesquik, un jeune du village. Tu ne l'as pas connu. Son prénom c'est João mais personne ne l'appelle comme ça ici. C'est le fils d'Honorina, tu t'en souviens peut-être, c'était une voisine à vous. Enfin, elle est morte de toute façon. Et Nesquik c'est un bon garçon, mais s'il reste ici il ne fera rien. Il n'y a pas de travail pour lui ici. Tu as vu l'état des champs quand tu es venu. Les gens n'ont pas d'argent, ils entretiennent un peu les parcelles fertiles mais le reste est à l'abandon. Tu verras qu'un jour un fou y mettra le feu. Enfin. Je me disais que peut-être tu aurais une place pour lui dans ton entreprise, ou chez un ami à toi. Tu pourrais l'héberger quelque temps, pour qu'il tente sa chance. S'il reste ici il va finir ivrogne comme les autres. Il n'y a que les bars qui ouvrent dans ce village.

Il fit signe au dénommé Nesquik de s'approcher. L'autre avança vers eux, ne sachant que faire de ses mains il les garda dans les poches de sa veste trop grande. On avait dû la lui prêter pour ce dernier hommage à David. Il salua Fernando comme s'il s'agissait de Mário Soares[11] en personne et s'excusa de ne pas parler français, des trémolos dans la voix. Pinto l'interrompit, serra davantage le bras de Fernando en le regardant dans les yeux :

– On va te laisser avec ta famille. Ce jeune il est très bien. S'il te plaît, donne-lui un coup de main. C'est ce que ton père aurait voulu. Je crois… Oui, j'en suis même sûr. Je suis sûr qu'il était très fier de toi.

---

11 Président de la République portugaise de 1986 à 1996.

Ne prenant aucun engagement pour l'avenir, Fernando serra vigoureusement et longuement la main de Pinto. Il le remercia pour tout, puis fit de même avec le dénommé Nesquik. Chaque main recouvrait l'autre, et lorsque Nesquik, voulant marquer son immense respect et sa compassion, pressa son pouce pour serrer davantage la main de Fernando, celui-ci sentit avec horreur une affreuse saucisse cocktail l'effleurer. La même forme disgracieuse qui finissait les mains de Fernando, et que David le père exhibait fièrement au milieu des vers de terre et des limaces. Des pouces en forme de saucisse cocktail en héritage à chaque enfant. Légitimes, illégitimes, ils n'auraient que ça à se partager, bien malgré eux.

Étincelle
juin 1995

C'est drôle comme au début tout est calme. Comme si un signal imperceptible était lancé à la nature. Immédiatement les claquements d'ailes s'étouffent, les lézards, les renards et les sangliers se mettent à l'abri, les pies se taisent, les arbres dansent encore un peu, pour la dernière fois. Un silence imparfait recouvre la garrigue. Juste les rafales de vent. Elles s'incrustent dans les tympans alors on n'entend pas tout de suite le crépitement des jeunes braises. Il faut être attentif à la naissance du foyer. Les premiers éclats de l'écorce qui cède. Le souffle, léger, encore fragile, des sauts de flammes.

À cet instant il suffirait de vider une bouteille d'eau. Une averse. Ou que le vent s'arrête. Mais il ne s'arrête jamais, il faiblit, et revient toujours, ne me laisse aucun répit. C'est lui qui attise le feu. Moi j'ai peut-être jeté ma SG Mentol. Et encore, je crois bien l'avoir écrasée. Tout ça, c'est le vent. Et les montagnes. Elles viennent mourir ici et font de ce coin un immense appel d'air.

Il a sauté le bosquet et attaque un tas de gravats. Toutes les saloperies qu'ils balancent ici. Il va s'en nourrir. Il va se régaler. Bouffer tout ce polystyrène, ces sacs de ciment, ces poubelles qu'ils ont déposés là, pour lui. Une offrande. Comme ils le font pour la Vierge Marie.

Déjà la fumée épaissit. On doit la voir depuis la route. Mais personne ne passe. Et personne ne regarde jamais vers ici. Ils n'en ont même plus honte, de cette terre abandonnée. Non, ils sont absorbés par leurs compteurs, la vitesse, le réservoir de gasoil.

Une bourrasque et j'entends enfin la terre hurler. Les ceps de vigne rabougris ont été dévorés si vite. Pour les eucalyptus c'est à peine plus long. De grosses allumettes. Les flammes attaquent la tête un moment, l'instant d'après le tronc est avalé.

S'il y avait quelqu'un dans un champ, je veux dire, quelqu'un d'autre que moi... S'ils n'avaient pas fermé la carrière, un type à un moment verrait bien la colonne de fumée. Il serait encore temps. Il faudrait tirer quelques tuyaux, et pendant un moment arrêter d'éclater les cailloux. Mais personne ne viendra. Il faudra que, dans leur salon, l'air ait l'épaisseur du brouillard pour qu'ils s'agitent. Je vais allumer une autre SG Mentol et retourner au bar. Le vent souffle dans le bon sens. Je vais me prendre une Super Bock, bien fraîche et, sur la terrasse, attendre l'arrivée du feu.

Ligne calcaire
mars 1995

Il y avait toujours un moment où ils essayaient de la draguer. Sabrina était la seule femme d'un magasin où l'on servait une clientèle exclusivement masculine, des types du bâtiment choisissant leurs outils et matériaux avant de retourner au chantier. L'escale à Point P était pour eux un moment de calme, de pause, ils s'évadaient dans les allées, devant les derniers modèles de brouettes ou les tas de pierres concassées. Là, ils marchaient un peu, sans penser à rien, les mains jointes religieusement autour du gobelet d'où s'échappait une vague odeur de café et de plastique fondu. La plupart ne fréquentaient aucun autre magasin : la semaine quand ils finissaient leur travail, ils rentraient épuisés à la maison. Le samedi ils allaient voir un match, les plus résistants faisaient des bricoles « au black ». Le dimanche, tout le monde s'endormait devant le grand prix de Formule 1. Le gérant de Point P savait tout ça et s'il avait installé Sabrina au comptoir plutôt que François ou Stéphane c'était pour améliorer « l'expérience client » comme il disait.

Sabrina qui avait selon lui « l'intelligence des relations humaines » savait décliner avec tact les invitations. Instinctivement elle trouvait les mots qui signifiaient « non » mais qui n'empêchaient pas le type de revenir acheter une pioche et une truelle, voire de retenter sa chance en faisant mine de plaisanter, mais en y croyant à chaque fois. Certains clients très lourds s'imaginaient la séduire avec des propos salaces. D'autres, timides, se collaient près de son visage quand elle leur donnait leur facture et chuchotaient : « Si tu as un peu de temps on pourrait se voir quand tu sors. Tu finis à quelle heure ? » Toujours il fallait trouver l'humanité de sourire et de décliner sans blesser. Elle était la seule femme qu'ils voyaient de la journée, c'était de bons clients, leur attention devait la flatter, ils étaient plus maladroits que méchants, ça valait mieux que de nettoyer les w.-c., ça faisait partie du métier. À chaque entretien annuel, quand Sabrina demandait à travailler dans un bureau plutôt qu'au comptoir, le responsable de Point P lui rappelait sa chance d'avoir un travail lui permettant d'élever seule Tiago, son fils adoré, « *querido* ».

Seul Fernando, absorbé par la marche de son entreprise et sa conception de la rectitude morale, n'avait jamais rien tenté. Il entrait, essuyait longuement ses chaussures sur le paillasson pour ne pas salir le sol et s'époussetait les épaules. À contre-jour elle avait remarqué sa longue silhouette voûtée et s'éparpillant au-dessus de lui une fumée de poussière, de ciment, des restes de chantier. Ils échangeaient un mot sur le temps, il payait comptant, le plus souvent avec des billets qu'il tirait de la poche arrière de son pantalon. Le contraste entre ses mains burinées et l'attention qu'il mettait à n'importuner personne, pas même la femme de ménage, Sabrina trouvait ça très élégant. Elle pensait à une expression désuète : « C'est un monsieur. »

Une pancarte au-dessus du comptoir : pendant la semaine du gravier, prix coûtant jusqu'à épuisement des stocks. La facture s'imprimait lentement, et lui restait là, face à elle, ne sachant que faire de ses mains, perdu dans des pensées qui s'accrochaient au bruit métallique de l'imprimante. Elle n'avait jamais remarqué, ou alors ce n'était pas le cas avant, combien son regard était triste. Elle aurait voulu le prendre dans ses bras, sentir l'odeur minérale du ciment en le serrant contre elle. Voilà qu'elle y retournait. Pourtant, depuis le père de Tiago, elle s'était promis de ne plus se laisser attendrir par les paupières tombantes des chiens errants.

« Sa maîtresse », c'est bien ce que Sabrina était devenue, mais Fernando n'aimait pas la coloration de ce mot, il portait en lui un jugement de valeur, une condamnation sourde et définitive. Lui préférait dire « on est ensemble », ainsi l'avenir restait ouvert.

Le responsable disait : « Tu as vu les commandes du mois dernier chez Carvalho ? On est sur une progression à deux chiffres ! La semaine du gravier, je savais que c'était une hyper bonne idée ! » Dans les écoles de commerce on apprend à lire le monde à travers un tableau Excel, c'est parfois insuffisant pour en comprendre toutes les subtilités. Même s'ils restaient très prudents – Fernando avait mis les choses au point dès le début, il avait une vie et une réputation que leur histoire ne devrait pas troubler – leur comportement n'était plus le même. La silhouette poussiéreuse s'était redressée et, quand elle la voyait passer les portes du magasin, Sabrina ajustait mécaniquement sa coiffure. En lui remettant sa facture, leurs mains se frôlaient, ils étaient alors hors du monde, très loin de la semaine du gravier, des ventes flash de bétonnières et des opérations un parpaing acheté un parpaing offert. Il prolongeait la scène au moment de payer, dépliait chaque billet sur le comptoir, faisant mine de recompter tout en lui jetant des regards complices. Ils souriaient discrètement, les autres ne voyaient rien croyaient-ils. C'est à ça que devait ressembler l'adolescence pensait, en *saudade*, Fernando. Derrière eux, sur la longue avenue, les bus stationnaient.

Fernando se réveilla au milieu de la nuit, *Sur la route de Madison* était fini depuis longtemps. Après les premières images il avait sombré, pas emballé par ce mélo et son histoire d'amour secrète découverte post mortem où les protagonistes exhibaient des pouces parfaits. Des publicités pour du téléphone rose hurlaient et lui, tétanisé, se demandait où il se trouvait. Ces visages de femmes lascives et cette injonction à composer un numéro de téléphone : est-ce que Dora et ses copines venaient le traquer chez lui pour se moquer de la forme de ses doigts ou de ses éjaculations instantanées ? Il devait voir Sabrina. Alors il éteignit la télévision, passa un peu d'eau sur son visage et, dans un mélange de migraine et d'épaisseur de l'air propres aux réveils impromptus, il monta dans la Mercedes 190 D, traversa le lotissement endormi, longea l'océan, puis le port et la lointaine carcasse de la cimenterie désaffectée. Il prit le pont qui menait au quartier de la gare, puis l'avenue qui remontait jusqu'aux écrasantes barres de béton de la ZUP. Il était revenu là où, bien des années plus tôt, il était encore un Portugais, une sale race de Portugais. Dans le silence de l'habitacle de la Mercedes 190 D, alors que défilaient les rues désertes il entendit son père lui dire, depuis les profondeurs des terres portugaises où les vers avaient fini de le bouffer : « Tu vois, cette fille, elle est de chez nous. C'est une fille comme ça qu'il te fallait. Mais bien sûr, ça n'était pas assez bien pour toi. Il a fallu que tu prennes une Française, et qu'elle te fasse deux enfants. Deux petits Français pour qui ton nom ne sera qu'un fardeau exotique. » Il sonna au milieu de la nuit, elle ouvrit, d'abord en colère : « *Fodes*, tu vas réveiller Tiago. » Puis elle vit son regard d'enfant égaré, et sa carcasse qui pliait vers elle pour s'écraser sur son épaule.

Les jours suivants il revint vers les mêmes heures, quatre ou cinq heures du matin, avec son double des clés. Il se glissait dans le lit quelques heures, ils accompagnaient Tiago ensemble à l'école, chacun partait ensuite au travail, à midi ils se retrouvaient à l'appartement, le plus souvent ils ne faisaient pas l'amour, elle préparait du riz, des pommes de terre et un morceau de bœuf grillé. Lui chassait la voix de son père : « C'est une fille comme ça qu'il te fallait. »

– En fin de journée je dois être à la maison. Je ne peux pas les abandonner. Tu le sais.

– *Como quiseres*, je m'adapterai.

Après quelques jours d'une vie éclatée entre lotissement et HLM, il commençait à se sentir bien au milieu des barres de béton brut de la ZUP. Goûtant à deux vies radicalement différentes, il en vint à questionner ses choix. Sa quête de réussite était sans fin, vouée continuellement à repousser la ligne d'arrivée. Il avait voulu relever tous les défis : la conquête entrepreneuriale, la séduction de la femme française, l'invention de la famille apatride, la création de la villa contemporaine et chic… Et au bout de tout ça il se trouvait finalement à sa place, dans cette ZUP, avec Sabrina la Portugaise et le fils d'un autre. Il s'était totalement engagé dans la construction des maisons individuelles avec la vague conscience de faire partie du grand projet libéral de son époque. Il réalisait avec fierté le rêve de couples : une maison, solide, sur quatre faces, avec un garage pour la voiture et un jardin pour jouer au foot. Lui-même avait pu accéder à ce rêve, il le côtoyait tellement, à chaque parpaing porté, qu'il avait tout l'air de la réalité. Et soudain il mesurait l'extrême fragilité de sa construction, la volatilité des murs et, tout au fond de sa conscience, sans bien le dessiner pour l'heure, il se demandait s'il ne s'était pas trompé, si la tristesse pouvait s'insinuer dans n'importe quel logement, quelles que soient ses qualités intrinsèques et quels que soient les matériaux utilisés. Peut-être que s'ils étaient partis avec Hélène, sur ce terrain le long du Gave de Pau… Aurait-il fallu rester à sa place ? Encore fallait-il savoir où elle se trouvait. Il repensait aussi à son arrivée en France et au quartier de la gare où s'entassaient les Portugais. Les appartements étaient humides, vieux, mal proportionnés, pas équipés, froids, gris, bruyants, au bord du fleuve glacial dès septembre et du bourdonnement des rails. C'était sûrement là que sa croyance excessive dans les vertus des maisons individuelles s'était formée. Quelques années avant le débarquement de la tribu des Lusus on inaugurait la ZUP : sept barres de douze étages comprenant des habitations en duplex, des boutiques en rez-de-chaussée, une bibliothèque, un terrain de sport, une école, un collège, une place de marché. L'ensemble était bâti en forme de S et constituait une sorte de serpent gris qui veillait sur la ville. À l'intérieur on avait logé des familles locales dans le besoin, des rapatriés d'Algérie, quelques Espagnols et des Arabes. On avait momentanément réglé le problème de la pauvreté en offrant aux habitants un niveau de confort inespéré et la promesse d'une vie de village à l'extérieur de la ville. Il suffisait d'arrêter de produire des pauvres.

À cette époque, beaucoup de Portugais de la gare rêvaient d'une seule chose : la naturalisation française qui leur permettrait de travailler à la mairie et, avec un peu de chance, de prétendre à un logement dans une des barres de la ZUP. Très vite le grand ensemble ne put contenir le flot des nouveaux précaires et il fallut construire, encore. Impossible d'implanter les sept barres supplémentaires initialement prévues par l'architecte. Plus le temps d'attendre les années d'instruction de dossier et les milliers de permis à retoucher, il y avait trop de monde à loger. Alors on avait inventé « la petite ZUP », en rupture avec l'idéologie verticale de la « grande ZUP » on implantait des pavillons de quatre étages le long de la route et l'on s'étalait un peu partout dans ce qui fut le parc d'un obscur château transformé depuis en maison de retraite. Au diable l'utopie du village reconstitué et les grands principes d'aménagement des logements collectifs : s'il y avait du terrain, il y aurait du béton.

Un madrier en bois reliait deux grandes échelles inclinées à chaque extrémité, approximativement calées par quatre linteaux. Sur cet échafaudage de fortune, Fernando recouvrait les parpaings gris d'une couche de mortier qu'il étalait délicatement avec le dos de sa truelle. « *Fodes*, t'as cru qu'on faisait de la pâtisserie ? Bouge-toi le cul on a quatre immeubles à monter. » La patience du patron envers son apprenti avait ses limites. À quinze ans il découvrait le métier, fasciné par cette pâte épaisse qui virait au clair en se rigidifiant. En l'étalant sur la crête des parpaings il se sentait chargé d'une lourde responsabilité : il suffisait qu'il positionne mal la pierre et celle-ci prendrait définitivement une mauvaise place dans l'édifice. Les gens habiteraient là et se diraient : « Bon sang, comment ont-ils pu poser aussi mal cette pierre ? Fallait-il qu'ils soient à ce point incompétents pour ne pas s'apercevoir qu'elle n'était pas droite ? » Alors il passait et repassait sa rangée de mortier sous la pression de sa truelle pour s'assurer qu'aucun caillou ne fausserait le niveau et que les pierres suivraient la ligne. Surtout, suivre la ligne.

Écrasé par l'ombre des bâtiments de la grande ZUP dans son dos, il avait interrogé son patron :

– Comment ils ont fait pour faire tenir ça debout ? Comment est-ce qu'ils savaient que ça résisterait, que ça serait droit ? Ils avaient des échelles géantes ?

– *Carapau* ! Des échelles ? C'est bon pour les *mendigos* comme nous ! Tu crois pas qu'ils ont posé des blocs pour faire ça !

Là le patron avait raconté à Fernando l'usine à panneaux préfabriqués qu'on avait installée aux pieds de la ZUP pour limiter les coûts et permettre aux grues de s'y servir directement avant de pivoter, les plaques tournant dans les airs jusqu'au bâtiment. Surtout, il lui avait expliqué comment lui qui était alors un jeune manœuvre avait participé à cette invraisemblable construction rendue possible grâce au coffrage en tunnel. « On avait un matériel tellement compliqué qu'on faisait en même temps le plancher et les voiles. On balançait le béton. À peine sec on remontait en coulissant toute cette *porcaria* et ça rebalançait du béton à l'intérieur. On pouvait monter un étage dans la journée, avec les câbles électriques coulés dans la dalle, *vai-te foder* ! Un étage dans la journée ! *Milagre* ! Du matériel comme ça, j'ai jamais vu. L'architecte connaissait son boulot mais c'était un poète. Tu l'aurais entendu parler du béton, tu pouvais croire qu'il parlait du cul de Dora ! »

Pendant plusieurs jours, Fernando avait concentré son esprit sur l'alignement des blocs et le velouté du mortier.

Rien d'autre n'existait alors. Ni les fuseaux synthétiques des voisines, ni les lointaines humiliations scolaires, ni les absences du père et de la mère rentrés au pays. Mais, comme il s'en sortait plutôt bien dans cette nouvelle activité, rapidement il lui fallut moins de temps pour empiler les parpaings et faire sa goulotte de mortier. Dès lors son attention débordait le mur et se portait sur l'édifice.

– Comment ils savent que ça va être bien droit ?

L'autre manœuvre, un pauvre bougre d'une cinquantaine d'années dont la courbure des épaules révélait le violent essorage d'une vie au chantier avait répondu : « *Fecha a boca.* » Son patron au contraire, ravi de son intérêt, avait sorti de sa poche une petite boîte en forme de losange surmontée d'un anneau. On aurait dit une espèce de bijou primitif. « Tiens, prends l'anneau et mets-toi au coin du mur là-bas *faz favor.* » Fernando avait filé vers l'angle et à mesure qu'il s'éloignait, une cordelette fine recouverte d'une teinture bleue le reliait à la boîte magique du patron. Conformément aux directives, il maintint la corde plaquée au mur tandis que le patron, semblant chercher des points d'accroche dans l'espace, ajustait la hauteur de la ligne. Puis il se figea, dit à Fernando de tenir fort, pinça délicatement la corde comme aurait pu le faire un harpiste, la lâcha sèchement, produisant un claquement net quand elle percuta le mur. Une fine poussière bleue courait autour de la corde. « C'est bon, tu peux relâcher. » Il actionna une minuscule manivelle pour rembobiner la corde dans la boîte. À l'autre bout, un poisson nommé Fernando remontait la ligne jusqu'à ce que l'anneau soit revenu à sa place. Demeurait sur le mur une ligne bleu Klein qui se jouait de l'aspérité des parpaings pour imposer un horizon. Voilà la ligne à suivre, mélange de teinture et de calcaire. Ce fameux calcaire dont un certain monsieur Colpijn avait dit un jour, très loin de la petite ZUP, dans une autre vie, qu'il y avait bien quelque chose à faire avec. Ce calcaire extrait d'une carrière, qui servait d'abord à faire du ciment, puis les craies avec lesquelles les professeurs d'Arthur écriraient au tableau, et enfin, pour la poudre qui restait, des recharges pour boîtes en forme de losange avec lesquelles on traçait les lignes à suivre. Boîtes magiques qui renfermaient les lignes droites et les résidus d'improbables histoires de voyages chaotiques, de casino en bord de mer et les silhouettes disparaissantes de Dora Doll, Simone Paris, Agnès Laurent.

Le banquet
mai 1995

Fernando avait consciencieusement laissé quelques morceaux de bœuf bourguignon au fond de son assiette. Non qu'il fût repu mais il pensait que ne pas finir son plat au restaurant révélait une forme de savoir-vivre. Il n'était jamais très à l'aise dans ces endroits, ne sachant pas vraiment comment se tenir à table, s'adresser au personnel. Il guettait le jugement des serveurs ou des clients, il lui semblait entendre une rumeur remontant de la porcelaine : « Pour qui il se prend celui-là à se faire servir, il pouvait pas rester chez lui avec sa bonne femme et ses mauvaises manières ? » Mais dans son métier le repas au restaurant était un incontournable, au même titre que la lecture d'un plan d'architecte ou le maniement de la pelle. Face à lui, Alberto, tout en coudes sur la table, sauçait frénétiquement son plat à l'aide du dernier bout de pain rescapé de son appétit. Du doigt il finit sa besogne, dénichant dans un coin d'assiette le spectre de sauce que la mie, saturée, n'avait pu absorber. « Pour ce qui est de la cuisine et des femmes, aucun pays ne supporte la comparaison avec la France », avait-il déclaré en récupérant, avec sa lèvre, les derniers restes du repas logés dans la partie supérieure de sa barbe. Alors que le serveur s'approchait pour débarrasser, Alberto lui prit le bras et chuchota :

– Monsieur, votre table est certainement l'une des meilleures de la ville. Croyez-moi, j'en pratique de nombreuses. Et même à Paris – je peux vous en parler, j'y vis – on a rarement l'occasion d'être aussi bien servi.

– Merci monsieur je ne manquerai pas de faire part au chef de vos félicitations. Désirez-vous un café ?

– Eh bien, oui, certainement, nous prendrons des cafés mais au préalable, j'abuse, mais je trouve vos couteaux très beaux. Ça me ferait tellement plaisir de repartir avec un de ces couteaux. Vraiment. Vous ne pourriez pas me faire plus plaisir.

Il parlait si bas, les mots semblaient coincés au fond de sa gorge.

– Euh, je ne sais pas. Je… Je vais voir avec mon responsable. Deux cafés alors ?

Fernando scrutait attentivement le couteau, semblable à dix mille autres couteaux. Vint le responsable qui parlementa un peu. Alberto, en susurrant, menait les échanges avec courtoisie et bienveillance, comme s'il faisait un honneur particulier au restaurant en demandant un couteau. Par moments il laissait échapper un peu plus clairement le nom d'un ami vaguement célèbre, homme politique, chanteur ou acteur. Vite épuisé, le responsable céda le couteau, « avec les remerciements de la maison ». Fernando tira quelques billets de la poche arrière de son pantalon et laissa un pourboire couvrant le couteau, le pain et le temps consommés par Alberto. Lui remercia tout le monde et quitta le restaurant avec un sourire d'enfant perçant jusqu'à l'épaisse barbe poivre et sel qu'il se donnait tant de mal à négliger pour ressembler à ce qu'il était : un professeur agrégé de sociologie d'une université parisienne réputée.

C'était un ami cardiologue à la retraite qui lui avait conseillé les services de la SARL Carvalho : « Il nous a retapé la maison de vacances dans un style un peu californien, très sérieux. » Quand Alberto lui avait soumis les plans dessinés par sa fille, Fernando avait été très impressionné par ce Portugais parisien, sophistiqué, intellectuel, professeur, marié à une Française psychologue, père d'une architecte et d'un brillant étudiant. Il découvrait une espèce d'oiseau inconnue. Jusqu'alors Fernando se pensait au sommet de la communauté avec son entreprise de maçonnerie, sa femme française qui travaillait et son fils « avocat ». Avec Alberto il se confrontait à une version augmentée de lui-même. Vertiges.

– Professeur, je peux essayer de vous arranger sur les prix, mais même en faisant un gros effort, par rapport à vos plans, on ne passera pas. Il faut voir si vous ne voulez pas supprimer la piscine peut-être, ça permettrait de rester dans votre budget.

– Appelez-moi Alberto, je vous l'ai déjà dit. Pas de chichi entre nous cher ami. Nous savons d'où nous venons n'est-ce pas. Écoutez, vous me feriez plaisir si vous pouviez les regarder de plus près. Pauline a tellement travaillé sur ces plans, vous savez comment sont les enfants et comment nous autres sommes avec nos filles. Je ne peux rien lui refuser.

Étonnamment le français s'était imposé entre eux, peut-être parce que Fernando, plus que ses limites dans cette langue, redoutait l'effet de son accent du nord du Portugal sur ce représentant de la précieuse élite lisboète.

Le repas de midi, ceux à venir, les apéritifs, les virées chez les fournisseurs pour choisir les coloris des carrelages n'avaient qu'un but pour Alberto : épuiser son interlocuteur. Selon une technique bien rodée qui venait de porter ses fruits dans sa lutte pour le couteau, il parvenait à se faire offrir quelques bricoles. Le temps était une richesse qu'il ne craignait jamais de dépenser, il savait celui des autres toujours plus rare et précieux que le sien. À la fin, ils cédaient pour en retrouver la jouissance.

Au début leurs discussions portaient sur des sujets anodins, d'actualité, des choses impersonnelles et lointaines. C'est ainsi qu'à table à midi Fernando avait lancé : « Tous ces impôts qu'on paie pour tous ces bons à rien, ils vont finir par nous tuer. » En général le thème garantissait des échanges courtois et complices. « Et vous avez vu comme ils ont augmenté ceci, et ils vont bientôt augmenter cela »... Jusqu'alors les impôts constituaient un bloc de béton sans la moindre nuance dont l'évocation assurait une solide complicité entre les hommes. Mais avec Alberto l'affaire avait pris une drôle de tournure :

– Dans votre métier vous êtes amené à utiliser les routes n'est-ce pas ?

– Oui.

– Et, vous m'arrêtez si je me trompe, mais pour gagner votre vie vous avez besoin d'être le plus possible sur votre chantier n'est-ce pas ?

– Absolument.

– Vous perdriez de l'argent si vous passiez plus de temps dans votre camion que sur le chantier, c'est bien vrai ?

– Bien entendu.

– Pensez-vous que l'on circule vite et bien sur des routes mal entretenues ?

– Je ne le crois pas.

– Pour vous permettre de gagner du temps, il est préférable pour vous d'emprunter des routes en bon état ?

– C'est vrai.

– Certains de vos clients n'empruntent jamais ces routes, n'est-ce pas ?

– Effectivement.

– Ils pourraient donc ne pas payer pour des routes qu'ils n'utilisent jamais, vous me suivez ?

– Bien sûr !

– Mais, vous qui avez besoin d'emprunter cette route pour vous rendre chez votre fournisseur, vous augmenteriez mécaniquement vos prix pour absorber la charge que représente ce trajet, trajet qui est fait dans le seul intérêt de votre client, est-ce exact ?

– Eh oui !

– Dès lors qu'on s'accorde à penser que ces routes sont utiles à tous, à vos clients comme à votre entreprise, est-il anormal que chacun contribue à son financement ?

– Ma foi, vu comme ça…

Fascinant. Alberto était parti d'un bloc de béton qu'il avait détaillé en minuscules éclats pour en analyser chaque recoin. Tout ce qui était net devenait brumeux et paradoxalement rassurant. Au contraire, Fernando avait passé une vie à mélanger grains de sable et poussières de ciment, à les humidifier pour structurer des blocs aux ombres menaçantes. Si en son for intérieur il restait convaincu que l'État l'assassinait avec d'injustes impôts, il sentait maintenant poindre une certaine culpabilité à chaque poussée atavique de révolte fiscale.

Il avait songé à transposer l'exercice à sa situation personnelle, en prenant petit bout par petit bout chacun de ses problèmes, il arriverait sûrement à en faire le tour.

Alors que là, tout était aggloméré et solidifié : l'avocat, la maîtresse, la femme, la méridienne, les chantiers, l'héritage... Indémerdable. Allongé sur la méridienne, face à Clint qui grattait à la petite cuillère les murs de sa cellule à Alcatraz, il n'en finissait pas de chercher lui aussi un coin de béton plus friable pour s'évader enfin. Alberto serait sa petite cuillère.

Quelques jours après le repas, Fernando se trouvait sur le chantier d'Alberto. Ce dernier avait en tête de se faire offrir la rigole du toit de sa cuisine d'été. Depuis deux heures il amenait le sujet, la discussion ne faisait que commencer. À un moment, de la rigole elle avait glissé jusqu'au Portugal. Alberto sentit filer l'hameçon de la complicité. Fernando, dans le mouvement, l'avait confondu avec une main tendue.

– Je me demande parfois ce que penserait mon père de ce qu'est devenu le pays. Cette monnaie unique à venir, cette Europe qui se fait autour du capital... Comme tant d'autres il a fui, sa vie était menacée, c'était un opposant trop virulent à Salazar. Vous ai-je dit qu'il enseignait la littérature comparée à Coimbra ? C'était un idéaliste vous voyez. Militant communiste, très bon orateur, il voulait changer le monde. Vos parents ont fui eux aussi ?

– Oui, ils ont fui. Je ne sais plus très bien pourquoi, on n'en parlait pas.

– Mon père n'en parlait pas beaucoup non plus. Ceux qui ont été torturés semblent porter une espèce de honte incompréhensible. Après son interrogatoire par la PIDE, mon père a pris deux valises, et nous sommes partis dans la nuit pour Paris.

– Nous aussi, on est partis un soir du village, on a pris le train jusqu'ici, on vivait dans un petit appartement près de la gare.

– Voilà, vous me comprenez. Nos histoires sont les mêmes. Être arraché à son pays… Enfin, c'est aussi une façon de mieux embrasser le monde. Vous et moi avons su saisir notre chance. Quand j'avais une vingtaine d'années, Sartre passait parfois à la maison, je l'écoutais parler avec mon père. La philosophie, bien sûr, j'y ai pensé, mais les choses changeaient à cette époque vous savez. On cherchait nos modèles aussi. Et il y avait quelque chose de très stimulant autour de Bourdieu. J'ai choisi la sociologie. Je ne le regrette pas. Nous devions inventer nos héros. Mais je reconnais que chaque fois que j'entendais Sartre parler, j'étais très impressionné. Après la révolution des Œillets, quand nous sommes rentrés au pays, il est venu passer quelques semaines chez nous. Je crois qu'il travaillait à son tome IV de Flaubert, qu'il n'a jamais achevé d'ailleurs. Ou alors c'est là qu'il a écrit ses textes pour *On a raison de se révolter.* Oui, ça ne m'étonnerait pas. Ça a dû lui venir dans le bouillonnement lisboète. Le Castor était là aussi, et c'était touchant de les voir ensemble. Ils pensaient tous que les révolutions qui avaient échoué ici réussiraient là-bas. Je les ai tous vus défiler. Cohn-Bendit corrigeait les épreuves de son *Grand Bazar*, il a dû se mordre les doigts des années après de ne pas avoir perdu le texte dans le train !

– Dans notre immeuble aussi on voyait passer beaucoup de monde.

La conversation roula un moment et, imperceptiblement, sur la pointe des pieds, le portugais, langue de l'enfance, langue maternelle, redevint leur langue. Chacun baissa la garde, retourna au premier âge, personne n'écoutait vraiment l'autre, tout tenait à cette carte d'identité partagée. Et, alors que planaient les souvenirs de voisines aux tenues moulantes et qu'il sentait son épuisement croître dans ces évocations lusitaniennes, Fernando lâcha :

– Quand mon père est mort, j'ai trouvé ses économies, et je n'ai rien dit à mes frères et sœur.

Voilà. Il venait de détacher le premier gros bloc de culpabilité qui lui pesait tant. Alberto, qui ne perdait pas de vue la rigole de sa cuisine d'été, sauta sur l'occasion.

– Je me garderai bien de vous juger. Votre père avait plusieurs enfants n'est-ce pas ?

– Absolument.

– Diriez-vous qu'il était un homme prévoyant ?

– Je l'affirme.

– Et, s'il avait voulu que chacun reçoive en héritage une juste part de ses économies, il pouvait s'en préoccuper de son vivant, n'est-ce pas ?

– C'est exact.

– Lors de notre échange, vous m'avez indiqué que votre père s'était « fait tout seul » pour reprendre vos mots, c'est bien cela ?

– Ce sont les mots que j'ai prononcés.

– Il avait dissimulé ses économies dans un endroit auquel vos frères et sœur avaient accès tout autant que vous, c'est bien le cas ?

– Absolument.

– Et peut-on dire que votre père attachait une importance particulière au mérite ?

– Oui, on peut le dire.

– Dès lors, si un homme prévoyant ne prend aucune disposition pour sa succession, ne peut-on pas penser qu'il s'en remet à l'arbitrage du mérite ?

– Eh bien, on le peut.

– Et, pour poursuivre, au-delà des économies léguées, un père prévoyant qui agirait ainsi ne transmettrait-il pas au plus méritant de ses enfants, en récompense, ce qui constituait tout son engagement : le goût du mérite ?

– Il le ferait.

– Alors votre père, en ne décidant pas, avait pris sa décision ! Il voulait que ses économies reviennent à son enfant le plus méritant, celui qui se donnerait la peine de débusquer son trésor. Et si un père connaît ses fils, on peut affirmer que votre père voulait que cet argent vous revienne, n'est-ce pas ? Est-ce que je vous donne l'impression de dire la vérité, Fernando ? Oui ou non ? Pourquoi ne répondez-vous pas ?

– Oui, c'est la vérité.

Profitant du flottement de sa proie, il porta le coup de grâce :

– Pour ma rigole, reprenez votre devis, vous me feriez vraiment plaisir.

Brasier
juin 1995

Ma mère. Dans l'âtre, elle posait une grosse marmite noire, en fonte, avec de l'eau, des feuilles de figuier et des châtaignes. Dans la maison il y avait une fumée blanche légèrement poivrée par les vapeurs des feuilles. À l'automne, dans tout le village, l'humidité coinçait les nuages juste au-dessus des toits, les brumes avec leur lumière grise adoucissaient l'angle des murs. Et ça sentait tellement bon.

Nous restions face à la cheminée, à fendre avec nos ongles l'écorce des châtaignes, à nous étouffer un peu avec la chair bouillie, petite poussière au goût de noisette. Puis à brûler nos copeaux, à regarder les billes de braise filer dans le conduit de cheminée. Nous étions tous les deux. Nous n'attendions personne. J'aurais voulu passer ma vie sur ce tapis, à regarder la flambée, à rajouter des châtaignes dans la marmite et à charger mes vêtements de l'odeur des feuilles de figuier. J'ai pu croire que cette odeur allait revenir. Ce poivre doux qui m'apaisait tellement. Parfois, pour essayer de le garder en moi, je respirais à pleins poumons puis je bloquais ma respiration en une longue apnée. Si seulement j'avais pu transformer mon appareil respiratoire en une espèce de fiole, capturer cette odeur et ne respirer plus que ça. Les châtaignes, les figues, l'épaisseur du tapis. Emporter avec moi, partout, cette capsule cotonneuse, et la sensation de la présence de ma mère à côté. J'ai bien cru que cette odeur me guérirait de tout. Que tant que je la sentais, tout ce petit monde devant la cheminée était encore tangible. Qu'il n'avait pas été enseveli. Que, d'une autre façon, de là où elle était, Honorina continuait à veiller sur moi, que je n'étais pas seul au monde. Que je n'étais pas un fils de l'erreur. Je l'ai cherchée partout cette odeur. J'ai mis mon nez dans la terre, comme un chien, j'ai reniflé les chattes des filles d'ici, elles me prennent pour un fou, je l'ai traquée dans les verres de *vinho verde*, de Super Bock, de Sagrès… Parfois, lorsque j'ai beaucoup transpiré, il me semble m'en approcher, mais ce n'est pas ça non plus. A-t-elle seulement existé ? Est-ce que j'ai rêvé cette odeur ? Peut-être que les autres au village ont raison, peut-être que je suis bien malade. J'ai jeté la SG Mentol et je ne suis pas si sûr finalement de l'avoir écrasée. Un instant, c'est vrai, j'ai cru que ça sentait comme… Et puis le feu a tout enveloppé avec ses relents de poudre, de silex et de carbone. Oui, c'est bien ça, le feu transforme cette terre en pierre.

Un monde parfait
mai 1995

Hélène avait voulu son petit Arthur, elle l'avait eu son enfant fragile aux cheveux blonds avec qui passer des heures à traduire les paroles d'Elton John et fredonner ses ballades sucrées. Entre ces deux, Fernando avait toujours senti une attraction quasi magnétique, un aimant et un morceau de métal. Lui ne pouvait entrer dans le champ. Comme si l'autre, avec son nom de domestique, avait inversé sa polarité. Arthur fit d'Hélène et de Fernando deux aimants dos à dos. Mais voilà qu'on lui envoyait enfin son nouveau fils, le destin avait corrigé son erreur de livraison : Tiago était le modèle commandé à l'origine.

Bien avant de rencontrer Sabrina, Fernando disparaissait déjà du foyer les samedis et dimanches, le pôle tourné vers les ferrailles des maisons en construction, loin d'Hélène, d'Arthur, de la petite et de l'étroitesse du cadre familial. À l'époque on pouvait le croiser au volant de son camion aux premières heures du jour, l'air étonnamment enjoué, roulant vers un chantier où il passerait la majeure partie du week-end, s'attirant l'admiration de tous pour son incroyable force de travail. Si l'on se focalise sur le bruit de la bétonnière et le poids des sacs de ciment on comprendra mal combien le travail constituait une distraction pour lui, et à quel point il goûtait chaque minute de cette solitude, concentré à faire avancer les travaux selon ses règles, sans craindre les initiatives malheureuses des frères Dias, sans entendre leurs blagues salaces, leurs récits répugnants de virées dans les bordels espagnols… Juste lui, les parpaings, le ciment, les ferrailles, la minipelle. Quelque part, dans l'anesthésiant confort d'un lotissement, Hélène et Arthur chantaient *Rocket man* à tue-tête en faisant le ménage dans la maison. Parce qu'un prénom de larbin ne suffisait pas, elle lui assurait aussi sa formation. Elle le conduirait ensuite au foot, s'il y jouait encore. Il suffisait de le voir errer sur un terrain pour bien comprendre qu'il n'aimait pas ce sport, à se demander pourquoi il avait insisté pour qu'on l'inscrive dans ce club. Fernando, depuis le poste de commande de son Manitou, n'avait plus à endurer l'imprécision des contrôles orientés du domestique, ni ses erreurs de placement. Le dimanche après le repas de midi il s'allongeait sur le canapé, plus tard sur la méridienne, et s'endormait devant le grand prix de Formule 1. Si seulement Arthur avait manifesté un peu d'intérêt pour Ayrton Senna ou Damon Hill, chacun aurait fini par trouver son compte dans un semblant de complicité. Mais là encore, ce fils trop français ne cachait même pas le mal qu'il pensait des sports mécaniques : « En fait ils tournent tout le temps sur un circuit sans jamais se doubler et c'est le premier qui sort des stands qui gagne. » Il faisait rire Hélène, à l'unisson jusque dans leur mépris. Rien à faire, il y avait du Turca en lui.

Tiago, le bon fils, s'intéressait déjà aux voitures. Quand Fernando et Sabrina l'accompagnaient à l'école, il demandait toujours s'ils prenaient « la belle Mercedes 190 D ». Fernando, le cœur serré par l'émotion, appuyait alors sur le bouton aux trois branches de son porte-clés, un léger tintement se faisait entendre, les clignotants s'allumaient et les portes se déverrouillaient. La voiture saluait sa nouvelle famille.

Sabrina lui avait fait le fils parfait. Elle le coiffait en brosse, le gel cristallisait ses cheveux en minuscules pics, avec son bomber noir et ses Nike il avait l'air d'un voyou miniature. Elle disait « c'est mon p'tit mec, *querido* », et Fernando l'appelait « la vedette ». Il apostrophait avec naturel les adultes qui se sentaient immédiatement à l'aise avec lui. Il avait toujours un mot, une attitude pour les faire sourire. Dans l'ascenseur, il avait dit au voisin du dessous qui remontait avec eux : « Je vous préviens, ce soir on va faire beaucoup de bruit parce que les *dragões* de Porto vont écraser les *pendoleiros* de Benfica. » Sabrina, éperdue d'amour, avait levé les yeux au ciel et Fernando avait frôlé d'une main protectrice les pics de ses cheveux. Le fils parfait. La trajectoire, comme en sortie de stand, était absolument dégagée. Même l'autre père de Tiago s'écartait, trop occupé à parfaire sa réputation d'ivrogne entre les bars du quartier de la gare et le club des Portugais. Champ libre. La vie suivait à nouveau le bon fil, ce fil bleu Klein poudreux sur lequel reposaient toutes les maisons que construisait Fernando.

On le voyait plus rarement sur les chantiers le week-end. Et quand il y était, il se trouvait aux commandes de sa minipelle, avec un enfant de six ans sur les genoux, chacun arborant des yeux pleins d'admiration à chaque coup de godet dans le sol. L'air de rien il avait interrogé Dubreil son comptable : « Si un jour, juste pour savoir, j'adoptais un garçon. Juste pour savoir. Pour lui transmettre l'entreprise, ce serait plus simple, non ? » L'autre avait répondu avec la fougue du lecteur assidu de liasses fiscales : « Eh bien, oui, ce serait plus simple. Mais si vous voulez mon avis, le mieux serait encore qu'il épouse votre fille, là on pourrait vraiment faire de l'optimisation. » À sa façon, Dubreil écrivait des romans d'amour sur tableaux Excel.

Le plus souvent, le samedi, on croisait Fernando au bord du grand stade encadré par les barres de la ZUP, debout contre les barrières, criant pour encourager Tiago lancé dans une série de dribbles. Dans l'élégance avec laquelle le gamin posait la pointe de son pied pour prendre appui et feinter son adversaire, dans sa façon de lever le menton pour chercher un équipier à qui faire la passe, Fernando reconnaissait la marque d'un futur Rui Costa.

Bientôt ils regarderaient les matchs ensemble. Avec la même mauvaise foi ils hurleraient au hors-jeu pour sauver l'équipe nationale du Portugal, leur symphonie inachevée. Encore une chose qu'Arthur « l'avocat » ignorait : la règle du hors-jeu a été inventée pour fournir un défouloir aux supporters tristes. La défaite s'explique toujours par un hors-jeu sifflé contre leur équipe qui, sans l'acharnement de l'arbitre, aurait marqué ; ou par un hors-jeu non sifflé contre l'équipe adverse qui n'aurait pas dû marquer, si seulement l'arbitre faisait bien son boulot. Tout ça relevait d'un vaste complot des gros contre les petits, du Nord contre le Sud, de la capitale contre la province. Tiago le comprendrait, contrairement à Arthur qui pérorait : « Quand le ballon quitte le pied du joueur on dirait bien que l'attaquant a déjà dépassé son défenseur. » Dans ces moments, Fernando rêvait de lui remplir sa petite bouche délicate avec des dizaines de *Bolas de Berlim*[12], jusqu'à l'étouffer une bonne fois pour toutes.

Lors d'une longue discussion avec Alberto, qui lui avait coûté le prix de la pose du placard de la chambre d'amis, le professeur, après une rafale de questions, conclut : « Au fond, vous savez très bien ce que vous devez faire. » Est-ce que la sociologie conduisait à la sagesse, ou était-ce la fréquentation d'hommes illustres qui conférait à ce type son incroyable clairvoyance ? Fernando qui ne connaissait ni la sociologie, ni Sartre, Beauvoir et consorts avait longtemps retourné cette phrase : « Au fond, vous savez très bien ce que vous devez faire. » Par moments il grimaçait quand elle percutait la voix de son père : « Sabrina c'est une fille bien. Une fille comme il te fallait. Une fille qui ne nous aurait pas fait honte. » Il rêvait d'effacer des parties de sa vie comme il lui arrivait de le faire d'un trait bleu de cordeau mal tracé. Avec une brosse et en frottant un peu, le calcaire coloré s'estompait pour offrir une deuxième chance. On pouvait même laisser courir l'ancien trait et en tracer un autre. Les trajets semblaient longtemps similaires et à un moment l'un partait vers la bonne direction et l'autre filait vers un point perdu. Ainsi étaient tracées les vies de Clint Eastwood, Clint Bois de l'Est, et de Fernando Carvalho, Fernando Bois de chêne.

Aux héros portugais, malgré leurs longs travaux,
Cette nuit de sommeil refusa les pavots.

Kevin Costner accélérait sur une route américaine déserte au volant d'une Ford volée. À ses côtés un adorable petit garçon s'amusait, un masque de Casper en guise de chapeau. Loin derrière eux, dans les méandres de ces routes de campagne

---

12 Beignets frits fourrés à la crème.

qui n'en finissaient plus de fendre les prés, Clint Eastwood et ses équipes traquaient la Ford. Les rôles avaient été mal distribués. Clint aurait dû jouer le personnage de Kevin Costner. L'autre s'en sortait bien, mais Fernando en découvrant le film depuis sa méridienne releva l'erreur de distribution. Une histoire poignante : un prisonnier injustement condamné par la société s'évade, prend le petit garçon en otage et, au fil des kilomètres parcourus, se tisse une relation entre ce père et ce fils qui s'adoptent. « Un voyage entre hommes », voilà comment Kevin Costner avait présenté la chose. Fernando, bien éveillé, laissait filer ses rêves au-dessus de la méridienne. Un voyage entre hommes… Il serait au volant de la Mercedes 190 D, à l'approche des virages il rétrograderait pour mettre le moteur en surrégime et le faire aboyer à chaque accélération. À côté, Tiago ouvrirait de grands yeux béats au rythme de la pédale d'accélérateur. « Tu vois fils, mon père disait toujours qu'un homme est fait pour rouler dans une Mercedes. » Il prononcerait une phrase de ce genre, complètement inventée mais qui collerait bien à la situation. Il lui apprendrait à suivre leur itinéraire sur la carte, en utilisant ses phalanges pour calculer les distances. Tiago avait des pouces parfaits, longs et larges. Grâce à lui c'en était fini de l'imperfection des saucisses cocktail, il corrigeait le passé, et dessinait la ligne à suivre pour l'avenir. Une ligne blanche, brillante et nette, comme celles apposées sur le goudron frais des nouvelles routes.

À la frontière entre le Portugal et l'Espagne, ils s'arrêteraient au milieu des boutiques de vêtements contrefaits. Tiago zigzaguerait parmi les portemanteaux, s'arrêtant soudain pour prendre un maillot de foot à la portée de sa petite main. Il se retournerait, le regard implorant vers Fernando :

– C'est le maillot de Figo à Barcelone, je peux le prendre ?

– Prends-le, fils.

Il disparaîtrait à nouveau dans les rayons puis, comme un aimant, reviendrait vers Fernando :

– C'est les gants de Vítor Baía, je peux les prendre ?

– Prends-les, fils.

Et cela continuerait dans plusieurs boutiques avec le maillot de l'équipe nationale frappé du nom de Rui Costa, l'écharpe des supporters du FC Porto, la casquette du FC Porto, la serviette de plage du FC Porto et la montre Williams d'Ayrton Senna.

Ils remonteraient dans la voiture, un match de foot en fond musical. Dans le vide-poches, chacun aurait glissé une bouteille de Sumol. Tiago dirait : « C'est bizarre, ça pique, mais c'est bon ! » À cause des frites, du poulet, des glaces, des bulles et des milliards d'arômes chimiques de la boisson, il laisserait échapper un rot. Un silence s'installerait, quelques secondes où il serait gêné. Puis père et fils se regarderaient et éclateraient de rire simultanément, galvanisés par les odeurs de synthèse de banane, d'orange, de fruits rouges, d'ananas, de cerise, de mangue et de tant d'autres fruits exotiques. Le petit serait pris d'un fou rire sincère, un fou rire d'enfant simple, dont les accents laisseraient entendre toute son admiration pour ce nouveau père.

Lui, soudain grave, dirait : « *Vamos* ! On rentre au pays, fils. Je vais te montrer le stade des *dragões* ! » Il aurait hâte de lui faire découvrir l'enceinte d'acier et de béton à l'acoustique si épaisse, où les cris des supporters du FC Porto rebondissent contre les murs avant de se précipiter sur leurs adversaires pour les tétaniser. Ils iraient voir un match. Et Sabrina ? Elle existait peut-être, lointainement. Eux vivraient là, père et fils, en tribune présidentielle, dans un monde parfait.

Sainte-Croix
novembre 1964

Les architectes jouent à Dieu. Il faut regarder ce qu'ils appellent leurs « dessins d'intention » pour voir dans leurs coups de crayons l'ambition du Créateur, la tentation de talonner le divin. Subitement le réel est gommé. On enlève ici une cabane qui heurte le projet, là-bas un renflement de terre qui contrarie la perspective, on rajoute quelques arbres centenaires pour aspirer leur majesté et la faire rejaillir sur la construction nouvelle. Surtout, on adopte un point de vue qui n'existe pas. Ou plus exactement, que seul Dieu peut emprunter. Vue aérienne à l'angle soigneusement choisi pour un cadrage optimal, à une hauteur suffisante pour inscrire le projet dans un environnement plus vaste. Une hauteur où les bruits de circulation ne parviennent déjà plus, où l'on n'entend pas les cris des enfants. À cette altitude, le regard flottant sur sa feuille, l'architecte se prend pour Dieu. Dessin d'intention… une intention où rien n'existe. Les contraintes budgétaires, les restrictions réglementaires, les règles de construction, les empêchements techniques, les dégradations de cages d'escalier, les charges de copropriété, les ascenseurs en panne, la réputation du quartier, le prix de l'immobilier, le taux de pauvreté, le chômage des jeunes, le délabrement de la bibliothèque, les nids-de-poule sur la route, « le bruit et l'odeur », les résultats des élections. Tout ça sera le fait des hommes, pas de l'architecte.

Au pied du bâtiment 4 de la ZUP Sainte-Croix, face à la verticale de béton, l'intention de l'architecte Marcel Breuer rencontre la réalité. En s'approchant du hall d'entrée, façade technique où l'on a implanté le parking et un terrain de foot, un de plus, on peine à voir le ciel. Toute la journée, le parc est couvert d'une ombre dense et froide. Les pelouses que le soleil ignore n'accueillent jamais de pique-nique, au mieux les chiens y font leurs besoins, mais même eux préfèrent l'autre face du bâtiment, celle orientée vers le sud, la partie spectaculaire, qui se donne à voir au reste de la ville, la vieille ville, là où, d'après le dessin d'intention, on jalouserait la modernité des sept barres grises jaillies de terre. Le dessin d'intention n'avait pas prévu les chalandonnettes, nouveau rêve domestique au moment où les immeubles de la ZUP commençaient à être livrés. N'est pas Dieu qui veut. Toujours est-il qu'à partir de cette orgueilleuse façade, tournée vers l'Adour vivant ses derniers mètres avant l'océan, Marcel Breuer avait bâti tout son projet.

Sur la butte on construisit les immeubles les plus hauts : douze étages de béton brut suspendus au-dessus de commerces. Douze étages de duplex où l'architecte a veillé à ce que chacun dispose d'une vue traversante. C'est ici qu'on dort et qu'on mange. Ici également qu'on regardera la télévision, encore une information que détenait Dieu mais qu'il n'avait pas partagée avec l'architecte. Pour la vie de centre-ville recomposée, il faudra marcher sur la pelouse, qui restera verte, épaisse, et bien entretenue selon le dessin d'intention. Descendre en pente douce, au soleil, vers le centre civique et commercial (qui sera finalement une supérette). Il y a là l'immense dalle de bitume où se disputent quelques arbres maigres et où, le mercredi, les petits stands des marchands de fruits et légumes, d'habits contrefaits et de poulets rôtis viennent réanimer l'espace. Tout le long de la promenade qui mène à la dalle, de petits immeubles de quelques étages assurent la transition entre les deux parties de la ville artificielle. Le dessin d'intention le prévoyait bien : densifier la périphérie pour dédensifier le centre. D'ici on contemple l'ensemble de la vision de Breuer, dans ce centre tellement dédensifié qu'il est presque désert et qu'au loin, l'immense masse grise des tours, grignotée par le dessin hypnotique des fenêtres, joue son rôle d'épouvantail.

L'architecte avait prophétisé sur quelques feuilles de papier : « Produire la magie de la vie quotidienne en ville. » Les armées d'ouvriers du bâtiment s'étaient tordu le dos, usé les bras, coincé les doigts, abîmé les rotules en coulant des milliers d'hectolitres de béton pour réaliser sa vision. Elle se dressait là, au milieu de nulle part, sculpture définitive, inamovible, exposée éternellement, grise, dense, monumentale, autoritaire, dérisoirement fière. Des familles l'habitaient à présent, insufflant, par leur présence, une vie au milieu des espaces minéraux. Mais pour Fernando, jusqu'à sa rencontre avec Sabrina, comme pour tous ceux qui rêvaient d'un pavillon individuel, cette zone évoquait tout sauf « la magie de la vie quotidienne en ville ».

Les dernières chances
juin 1995

De nuit, l'écrasante barre de la ZUP fondait en un nuage de minuscules points lumineux et derrière l'un d'eux, Sabrina et Tiago finissaient leur repas. Au moment de s'engager vers l'autoroute Fernando marqua une légère hésitation, fixa attentivement la lumière correspondant à l'appartement, eut une pensée furtive pour l'étoile du Berger puis, revenant à lui et se rappelant soudain qu'Arthur était bel et bien assis à la place du mort, il renonça, non sans regret, à leur rendre une visite surprise.

À Sabrina, il avait dit : « Je pars au Portugal nous trouver notre maison. On s'y installera l'été et puis, si à un moment on en a envie, on restera y vivre. » Le jour où sa main avait franchi l'invisible frontière de sa caisse pour se poser sur l'épaule de Fernando, elle n'imaginait pas ce genre d'histoire. L'élan l'avait conduit, presque malgré elle, à lui donner son affection. Si la raison avait pu retenir son bras... Elle le savait et cela accroissait son malaise, en devenant sa maîtresse elle imposait à une autre ce qu'elle avait si mal vécu au moment d'accoucher de son fils. Heureusement Fernando se montrait prévenant, attentionné, et il s'occupait si bien de Tiago que sa culpabilité échouait à prendre le pas sur ce petit bonheur. C'était à lui de régler ses affaires. Elle, longtemps « orgueilleusement seule », appréciait leurs moments ensemble mais, de peur de les voir disparaître, n'imposait ni calendrier ni projets. Les autres types du club des Portugais, ceux que ses parents lui présentaient et ceux avec qui elle avait grandi, passaient pour des immatures : s'ils n'étaient pas alcooliques ils étaient indolents, quand ils ne cumulaient pas les deux tares. Dès qu'elle mentionnait l'existence de Tiago elle voyait leurs moues dégoûtées, ils ne se retenaient même pas, comme si elle leur indiquait une tache de sperme sur sa jupe. Sabrina, Tiago et Fernando s'étaient trouvés. Ils avaient créé, à partir de rien, des liens entre eux, plus épais que le sang, plus authentiques qu'un livret de famille. Une vraie dernière chance.

À mesure que son chantier avançait, Alberto s'immisçait dans chaque recoin de la vie de Fernando. Sa maison, malgré un cortège de travaux supplémentaires, coûterait le bon prix : celui qu'il avait fixé. Le professeur, en piochant généreusement dans son infini stock de points d'interrogation, déblayait la voie au maçon : « Cette femme, comprenez-la, a besoin d'être rassurée. » Après le temps des déclarations, Fernando devait prendre des engagements. Et quel engagement était plus solide qu'une allée de pavés menant à quatre murs en parpaings surmontés d'une toiture en tuiles d'où s'échappe la douce fumée d'un feu de branches de figuier ? « Si à un moment on en a envie, on restera y vivre. » Il avait adoré prononcer cette phrase.

Aux premiers jours de la disparition de Fernando dans la méridienne, Hélène s'était sentie coupable. Un réflexe. Puis la tristesse avait tout recouvert. La femme d'Alberto aurait certainement eu un mot savant, « dépression psychogène ». Hélène cessa de se maquiller, n'enfila que des vêtements amples aux couleurs ternes, n'éprouvant un vague plaisir que dans l'amertume de son café matinal. Ce furent les dernières images que Fernando garda d'elle, figées. Très vite, entrant de plus en plus tard, partant de plus en plus tôt, il ne vit plus personne.

Quand Arthur dit « Maman, il va tous nous entraîner au fond avec lui » ce fut pour Hélène l'électrochoc. Jusqu'alors elle pensait que son fils, contemplatif, avait une vue lointaine des cordelettes qui s'effritaient. Mais il avait grandi et c'était peut-être la dernière personne sur cette terre à lui prêter attention, alors le voir souffrir lui était intolérable. Bien que coincée sous sa tristesse et ses interrogations, elle convoqua tous ses instincts enfouis, ses aspirations secrètes, ses rêves d'adolescente. Et c'est seule, sans mari, sans amie, sans parent et sans professeur de sociologie déguisé en Socrate qu'elle dessina son nouveau chemin. Revinrent des mélodies aériennes des Pink Floyd, le coton jauni d'un keffieh, une envie de changer le monde, a minima son monde. Celle qui avait fui l'air irrespirable de la chalandonnette était encore vivante, la Terre était vaste. Dans le port de Cadaqués, une barque l'attendait. Pourquoi pas le Costa Rica, ou le Kenya ? Un ailleurs, n'importe quelle chimère. Surtout, que personne ne touche à ses enfants. Les plats surgelés remplacèrent ses préparations maison. Les airs d'Elton John accompagnèrent à nouveau les temps de ménage. Puis ce fut l'aspirateur qui se tut. Elle cessa d'acheter le programme télé au profit de magazines féminins. Un soir, tandis que la télévision vociférait une sérénade de western dans le salon, elle alluma une cigarette au lit, comme avant. Elle sentit l'épaisse fumée de la Dunhill entrer en elle et la regonfler. Les voix de Castro, Allende, Marchais s'élevèrent dans le nuage qui prenait forme en quittant ses lèvres, enveloppant les notes étouffées de banjo. La cendre tombait en fine pluie sur la peau de sa poitrine et le picotement sur ce minuscule îlot de chair brûlant lui rappela qu'elle vivait encore.

Elle commit sa révolution des Œillets un soir de mai, sous les néons froids de la galerie marchande d'un magasin Mammouth. Alors que la radio hurlait à propos du rythme de la nuit elle entra dans le salon de coiffure et demanda à la jeune fille au comptoir une coupe « jeune et actuelle ». Elle en sortit deux heures plus tard avec un carré court vendu comme la réplique exacte de la coiffure d'une héroïne de série télévisée. Continuant sa déambulation dans les boutiques de la galerie elle acheta un chemisier très échancré, un costume à la veste cintrée dont le pantalon moulait ses fesses puis s'évasait, donnant beaucoup de fluidité à sa silhouette. Et surtout, pour la première fois de sa vie, elle choisit une paire de chaussures à talons. Elles se révélèrent aussi inconfortables qu'elle le craignait. Le père Turca, l'expert en souliers, les aurait détestés : « De la merde fabriquée par les Chinetoques. » Les renaissances sont des accouchements douloureux.

« Elle te va bien cette nouvelle coupe. » Arthur à défaut de connaître les femmes comprenait sa mère instinctivement. Le changement en cours ne lui avait pas échappé et, plutôt que de s'attarder sur le hiatus entre son carré court et son visage tout en rondeurs, il l'avait encouragée. Il fut payé d'un sourire sincère, le premier depuis des mois. Ce n'était pas tant sa coiffure, ce tout nouveau maquillage ou sa tenue d'assistante de direction sexy qui rendaient tout à coup Hélène désirable mais bien l'envie qui émanait d'elle d'être vue, d'être matée : « Regardez, c'est mon cul, regardez, c'est mes seins. » Si certains hommes sont mal à l'aise quand ce genre de féminité s'exprime, David Constant au contraire appartenait à une espèce de cueilleurs spécialisés dans le ramassage des pommes prêtes à tomber. L'énergie qu'il ne déployait pas à monter et descendre à l'arbre du baratin, il la consommait en observation attentive. Un parfum plus musqué, une couleur de cheveux plus soutenue, un regard qui traîne trop longtemps vers la fenêtre, une voix qui vire aux graves, un débit de parole qui ralentit, il guettait le moindre signal faible. Au service des achats il charriait une réputation de séducteur, Hélène d'une comptable rigoureuse. Il n'avait rien tenté avec elle jusqu'alors, non qu'elle ne fût pas à son goût, mais elle n'était pas prête à tomber. Le matin où il vit passer sous ses yeux cette paire de fesses luttant avec le coton stretch, comme emballée dans de la cellophane, il sut que l'heure de la cueillette approchait.

Fernando n'avait rien compris à tout ça. Derrière les barrières des terrains de foot de la ZUP et à peu près partout ailleurs, il n'avait d'yeux que pour Tiago. En revanche, quand il débarqua avec son projet de voyage au pays, Hélène l'avait vu arriver à des kilomètres. L'homme face à elle était bien différent du garçon dont elle était tombée amoureuse des années plus tôt, mais il gardait ses mêmes lacunes dans la lecture des femmes. Absorbé par sa vie d'à côté, les films de Clint Eastwood, et les ennuis de chantiers qui ne le lâchaient dans aucune de ses existences, Fernando n'avait plus le temps pour Hélène, Arthur et la petite. Sinon il aurait un peu mieux réfléchi son plan d'évasion, un fiasco bien loin de *L'Évadé d'Alcatraz*. Des mois sans une parole et là, subitement, sans un mot d'explication, sans même un compliment sur sa nouvelle coiffure, et sans lui laisser à elle le temps nécessaire pour hurler son désespoir, il avait attaqué, droit, guidé par l'égoïste enthousiasme de son nouveau projet :

– Voilà. Avec tout le travail je suis fatigué en ce moment. J'ai eu Armando au téléphone. Je vais passer quelques jours là-bas. Je pars demain.

– Ah… Tu reparles à ton frère maintenant ? Et tu pars avec une femme ?

– Quoi ? Non, pas du tout ! Il n'y a aucune femme. Je veux juste me reposer un peu et ici je n'y arrive pas. Il y a toujours un problème à régler sur un chantier. Je vais passer un peu de temps avec mon frère, c'est tout.

– Magnifiques ces retrouvailles familiales. Et tu vas dormir où ? À l'hôtel ?

– Non, c'est vu avec Armando je dors chez lui. Il a de la place.

– Dans l'ancienne maison de tes parents ?

– Oui tu sais bien.

– Et tu ne me proposes pas de t'accompagner ? C'est dommage, on a plein de bons souvenirs dans cette maison.

Il était si gêné qu'il ne perçut même pas l'ironie :

– Je sais qu'avec ton travail, c'est compliqué pour les congés. C'est quelques jours. Trois ou quatre pas plus. Le temps de me reposer.

– De toute façon tu ne me demandes pas mon avis. Alors, vas-y chez tes Portugais, si ça peut te faire plaisir. Mais tu prends Arthur avec toi. Lui aussi, il a besoin de récupérer.

Elle le fixait avec l'attention du chasseur prêt à presser la détente. Un faux mouvement et elle le clouait au mur d'un coup de chevrotine. Transformé en enduit le maçon. Elle était bien de retour, la pasionaria des bords de l'Adour. Lui savait encore reconnaître ces moments où la négociation n'existait pas, exactement comme quand, douze ans plus tôt, elle avait imposé ce prénom grotesque. Pour la beauté du geste il tenta tout de même une timide parade :

– Mais il a école non ?

– Avec les grèves et les conseils de classe qui arrivent, il ne manquera plus grand-chose. Ce sera beaucoup plus intéressant pour lui de découvrir enfin ta culture et ton pays.

Fernando en se voûtant perdit immédiatement quinze centimètres. Il retint de toutes ses forces les petites poches de larmes qui voulaient se déverser sur son sort. Après avoir gâché son fils elle gâchait son nouveau départ. En face, Hélène attendait le premier mot de révolte pour le cribler de balles. Dans ce ball-trap à huis clos elle guettait le « Pull ! » pour répondre par une rafale de mitraillette. Mais rien ne vint. Il dit juste : « Très bien, on fera le voyage de nuit, ce sera moins fatigant. » La phrase semblait n'avoir aucun sens mais trahissait la crainte de Fernando : au moins si le domestique dormait il n'aurait pas à le supporter pendant les sept heures du trajet.

Voyant l'affrontement s'éloigner, Hélène rangea son fusil. Elle ne parlerait pas de David Constant. Vint le soulagement à la perspective de ces quelques jours sans Arthur. S'il avait été là et qu'elle cédât à David, mère adultère, elle aurait eu l'impression de le tromper. La petite irait chez une copine, pendant qu'elle verrait le genre d'existence qu'on mène après avoir tué une nouvelle fois ses rêves.

Fernando avait abdiqué, elle ne dirait donc rien de la lettre froissée retrouvée dans la poubelle d'Arthur. Elle y avait lu tant de tristesse, de mal-être, de détresse que la force de lire les messages codés entre les lignes lui avait manqué. Comme celle d'en parler avec son fils. Pour dernière trace de sa conversion portugaise, elle conservait l'étrange croyance qui prête au silence le pouvoir d'effacer les souffrances. Il suffisait de s'en convaincre : ce voyage entre hommes allait tout arranger.

Ma terre mon pays est une grande route
qui vient jeter la pierre entre l'homme et la femme
et l'homme vend sa vie l'homme ploie sous la bêche
Mon pays est tout ce dont la mer ne veut pas[13]

13 Ruy Belo, « Mort à midi » (traduction Patrick Quillier), *Anthologie de la poésie portugaise contemporaine, 1935-2000*, Michel Chandeigne (dir.), Éditions Gallimard, 2003

Voyage de nuit
juin 1995

Jamais le son d'un moteur ne sembla aussi réconfortant que cette nuit-là. Jusqu'à Burgos il fut d'ailleurs l'unique note du voyage. Fernando, contrôlant les accélérations rugueuses de la Mercedes 190 D de la pointe du pied droit, se focalisait sur une idée fixe et rassurante : suivre la ligne. Dans la nuit, le marquage au sol découpait l'espace, les phares de la voiture allemande dégageaient les cinquante mètres à venir. Morceau par morceau Fernando savait qu'il digérerait la route s'il restait dans la chaleur de l'habitacle et l'épaisseur du siège en cuir, à suivre la ligne.

Il jetait par moments un discret coup d'œil à Arthur, rien qui risque d'accrocher son regard ou de lancer une discussion, juste assez pour le voir plongé dans ses mondes intérieurs, à ces endroits où d'habitude il s'enfuyait au lieu de venir avec lui sur les chantiers. Même la fois où il l'avait vu jouer au foot, il semblait absent, peu concerné par les actions de son équipe, errant le long des lignes, indolent.

Sur la quatre voies, les lumières du Burgos-Madrid, un hôtel tout en néons verts et jaunes l'extirpèrent pourtant de ses songes. « Je peux mettre un peu de musique ? » Sans un mot Fernando indiqua du pouce le lecteur Pioneer. Arthur sortit une cassette, celle qu'ils écoutaient tous ensemble des années auparavant, les rares fois où la famille Carvalho se rassemblait pour un trajet, quand Fernando n'était pas encore redevenu le fils de David, le frère de David, l'oncle de David, avant qu'il ne devienne le mari de Sabrina et le père de Tiago. Il entonnait cette chanson avec sa mère tandis que son père battait le rythme sur le tableau de bord, parce qu'il n'aimait pas chanter. En entendant les premières notes de piano, Fernando agrippa de toutes ses forces le volant et se mordit l'intérieur des lèvres pour ne pas pleurer de désespoir. « Rocket maaaaan ». Arthur recolla sa joue à la vitre. Il scrutait à nouveau les enseignes qui défilaient dans le noir tandis que galopait le piano. Des blanches et des rondes, des blanches et des rondes. Les larmes de Fernando refusaient de couler devant le domestique et s'enfuirent discrètement en perlant de ses mains. Pour ne pas laisser glisser le volant il le serrait toujours plus fort tandis que la voix sucrée du roi Elton enterrait définitivement ses fantasmes d'un « voyage entre hommes ».

Il faisait toujours nuit quand ils traversèrent le long plateau aux abords de la carrière. Ici le vent n'avait jamais cessé de souffler, il déboulait à la sortie du large virage et butait en rafales sur chaque morceau de goudron, accélérant en rasant la terre rendue dure comme de la pierre par la sécheresse. Pas un jour sans l'entendre hululer. Les tas de gravats et de déchets étaient encore plus nombreux que lors de l'enterrement de David le père. Les vignes entretenues reculaient, grignotées par les mâchoires de la ville. D'ici cinq ans elle aurait dévoré la forêt avec ses maisons aux étages inachevés, à la calvitie en couronne faite de quelques parpaings montés, un peu à droite un peu à gauche sur le rez-de-chaussée. Bien enracinés au milieu de ce cirque abandonné, les ronces et les eucalyptus attendaient le début du feu d'artifice. Il n'allait plus tarder.

Devant une maison qui semblait n'avoir qu'un soupirail pour unique fenêtre un homme les attendait. La moustache épaisse, le teint rouge, les yeux vitreux, le pantalon amidonné marron, la chemise grise en coton épais, le gilet en laine bleu marine, la veste grise. Il embrassa Fernando avec déférence et Arthur chaleureusement. Il sentait le feu de cheminée, sa veste la naphtaline.

– Tu le reconnais ? *Olhu, é o tio* ! *Tio* Armando ! Tu le reconnais pas ?

Avant même de chercher dans sa mémoire la trace du sympathique bûcheron qui les accueillait sur le seuil de sa porte, Arthur se demanda qui était cet étranger avec qui il avait silencieusement voyagé, qui ressemblait tant à son père et qui, pour la première fois de sa vie, venait de lui parler en portugais. Évidemment, il avait tout oublié de son coup d'éclat onze ans auparavant, quand, dans cette maison, il avait exhibé son orteil avant de le sucer face à David son grand-père. Depuis cet exploit contorsionniste il n'avait plus remis les pieds ici et n'avait jamais revu l'épaisse moustache de « *Tio* Armando ». Non, il ne reconnaissait rien, ni personne, autour de lui. L'autre en face, pour l'encourager, baragouina avec la meilleure des volontés du monde une phrase dans un lointain français qui signifiait : « Je suis ton tonton. » Tonton du bled.

La maison avait la chaleur des appartements-témoins. Dans la salle principale, une housse en plastique recouvrait un canapé en simili cuir, une chaise branlante butait en bord de table, elle-même recouverte d'une toile cirée tatouée d'un coq fièrement portugais. On remarquait immédiatement une odeur diffuse d'humidité, entre le cèpe et le roquefort. « Ça sent comme chez papy et mamie », dit Arthur. Comment osait-il ramener les Turca ici ? Fernando dut à nouveau se contenir pour ne pas lui fendre le crâne avec le plateau en fausse porcelaine accroché au mur, « *Lembrança de Fátima* ». *Tio* Armando montra la chambre où deux petits lits ligotés de draps d'un rose anciennement vif étaient séparés par un crucifix et le portrait d'un clown versant une larme, seules traces notables d'une ambition décorative. *Tio* Armando s'excusa de ne rien avoir à leur offrir pour le petit déjeuner, Arthur observa avec détachement ce travers familial consistant à réduire sa maison à un dortoir.

Aux héros portugais, malgré leurs longs travaux,
Cette nuit de sommeil refusa les pavots.

Une vingtaine d'hommes, certains portant sur l'épaule une pioche, étaient accoudés au bar. Le jour se levait à peine, le café coulait, les tartines de margarine filaient le long du comptoir, les plus audacieux tournaient déjà au rouge et au saucisson. Armando tenta de formuler très lentement en portugais une phrase à l'attention de son neveu. L'autre n'en saisissait pas le moindre mot. Armando opta pour le mime, il montrait le bar, puis ramenait ses bras vers son cœur. Fernando mit fin au spectacle : « Il te dit que le bar est à lui maintenant, il appartenait à un vieux du village, mais maintenant il l'a racheté. Enfin, il s'en occupe. » Armando abondait d'un signe de tête à chaque syllabe et quand son grand frère eut fini sa traduction, il le gratifia d'un remerciement qui semblait couvrir bien plus que sa contribution d'interprète. Si Fernando avait racheté le bar, pour se donner bonne conscience ou pour préparer sa fuite portugaise, il n'en avait pas fait la publicité dans sa famille française. Arthur demanda un chocolat au lait chaud et un croissant. En essayant de décoller de ses dents le sucre caramélisé de la viennoiserie, il regardait, impressionné, les dos bossus, les mains calleuses, les pommettes burinées, les chaussures crottées, les regards asymétriques, les poils sortant des oreilles. Picasso avait dû s'arrêter un jour ici pour prendre un verre. Le voyant à nouveau perdu dans ses songes, Fernando saisit l'occasion :

– *Pronto*, avec *Tio* Armando on va travailler. Tu n'as qu'à rester ici si tu ne veux pas venir avec nous. *Toma* !

Il tira de sa poche arrière une poignée d'escudos qu'il balança devant lui, sur le comptoir. À la vue des billets le regard de l'oncle Armando s'illumina, il releva son pouce vers son neveu, le pouce ratatiné des hommes de la dynastie, fière saucisse cocktail, pour signifier combien il était heureux, et, conscient de ses précédents échecs conversationnels, il se limita à indiquer l'étage en disant joyeusement : « *snooker !* » tout en mimant avec plus ou moins de réussite le geste d'un joueur de billard.

La plupart des hommes étaient partis travailler, restaient les poivrots. Quelques-uns tentèrent de lui parler mais Arthur soulevait les épaules pour signifier qu'il ne les comprenait pas. Les uns repartirent à leurs Super Bock, l'autre à ses errances. Depuis la disparition de son père dans le Montana Grande, c'était dans ces méditations sans but qu'il se sentait le plus à sa place. D'une certaine façon ces rêveries constituaient son seul moyen d'être vaguement connecté à ce qui restait de l'esprit paternel. Par moments il imaginait les deux frères sillonner les routes départementales, pour le travail, ce mystérieux vortex polaire qui aspirait immanquablement son père, où qu'il se trouve. Tout ce qui approchait « le travail » restait intensément flou, entouré d'une aura un peu mystique, comme un cliché de Polaroid au flash mal réglé.

Au comptoir un habitué attaque sa troisième bière du matin et repense à cette fille avec qui sa vie aurait été autre, s'il avait su rester sérieux. À côté, un enfant, seul, semble un peu dégoûté à chaque gorgée mais revient régulièrement vers son verre de Sumol, il sourit en repensant à ce qu'il a dit à Sayer quelques semaines plus tôt. Il l'a bien mouché ce sale type. Il déglutit, pas mécontent de lui, s'imaginant soudain, grotesque, en robe noire.

Quand le soleil fut définitivement levé, Arthur entreprit de sortir du bar pour marcher dans le village. Le poids de la chaleur limita le périmètre de ses déambulations. Sur un garage, une vieille enseigne de bar était surmontée des multiples noms de son grand-père. Arthur s'arrêta un instant, se protégeant du soleil sous le petit porche. Depuis longtemps le rideau à chaînette aux couleurs du marchand d'engrais avait disparu. Ne restait qu'une vague odeur acide, aigre, qui le fit se remettre en chemin. Les trajectoires des vies de David, Fernando et Arthur s'étaient dessinées dans ce petit local un jour d'été où la chaleur avait contraint un certain monsieur Colpijn à se désaltérer. Destins des cailloux qu'on éclate, capables de ricocher en surface mais qui coulent à pic quand se coupe l'élan. Chacun avait suivi, en se donnant parfois l'illusion de les tracer, les itinéraires concassés.

Très vite il sentit les regards des habitants sur lui. Il les imaginait aux fenêtres, aux aguets. Il percevait, tombant des toits, une espèce d'animosité diffuse qui se mélangeait à la chaleur, un murmure qui dirait : « C'est le petit-fils de Vasco, c'est le bâtard de la comtesse, la Française. » Il se réfugia à l'ombre des hauts murs, dans l'étroite rue de l'école puis se figea, éprouva le resserrement de sa gorge, retint ses pleurs. Il aurait voulu tenir la main d'un grand frère pour fendre ce village étranger et retrouver sa mère. Les lèvres encore tremblantes de tristesse il regagna le bar et ne quitta plus l'endroit indiqué par l'oncle Armando, les bords d'un vieux billard au tapis vert réconfortant, dans une salle au-dessus du comptoir.

Le séjour d'Arthur prit alors l'apparence de l'immense tunnel noir traversé par l'inspecteur Harry. Jours et nuits se mêlaient dans une longue rêverie solitaire. Les après-midi s'évaporaient près du billard, jouant un peu, laissant le plus souvent rouler les boules le long des lignes en fredonnant une mélodie de blanches et de rondes. Depuis son mirador, son regard filait par-delà les monts, apercevait, sans vraiment les voir, les allées et venues dans le village. Son attention ne se fixait nulle part, ses songeries rebondissaient entre les pierres des murs en espaliers, les pavés de la route et la façade de l'église.

Quand *Tio* Armando et son père rentraient en début de soirée, il aurait été incapable de dire à quoi il avait occupé sa journée tant les heures devenaient abstraites. Heureusement personne ne demandait rien. Dès qu'ils arrivaient, les deux frères s'installaient au comptoir. Les habitués se massaient autour d'eux, et Arthur voyait un homme ressemblant trait pour trait à son père se lancer dans la narration d'aventures dans cette langue à laquelle il ne comprenait rien. Autour de lui les visages s'emplissaient d'une attention gourmande, celui d'Armando d'une admiration illimitée. L'autre faisait varier le débit de ses phrases, suspendait son public le temps de boire une longue gorgée de Super Bock. Par moments, alors que les mots accéléraient et qu'il prenait la voix de quelqu'un d'autre, tout le monde éclatait de rire. D'autres fois, à mesure qu'il parlait plus bas et plaquait sur son visage un air grave, les yeux vitreux des hommes au bar semblaient se perdre sur les mêmes territoires que les journées d'Arthur, et leurs nuques s'affaissaient, épileptiques, ils levaient les épaules en hochant la tête. Au milieu du bar, avec ses habits chics et contemporains, les clés de sa Mercedes 190 D, ses grandes mains qu'il faisait claquer sur le comptoir, ou s'envoler selon les besoins de son récit, Fernando Buarque Freitas Carvalho impressionnait les hommes, séduisait les femmes et amusait les enfants. Sauf l'encombrant fils, l'erreur de livraison, le seul dans le public à lui résister et pour qui il n'avait jamais aucun regard.

Les quelques nuits portugaises ressemblèrent aux jours, la fatigue en plus. À l'écart dans le bar, Arthur s'effondrait sur une petite table ronde pareille à celle sur laquelle David son grand-père jouait au Sept et Demi quarante ans plus tôt. Ses rêves imitaient les songes de ses journées, mais le sommeil, en le coupant complètement du monde, donnait aux images des contours très nets. Vêtu d'une robe d'avocat trop longue, il poussait maladroitement un ballon tandis que le fils Guimarães le poursuivait de ses tacles, arrachant des monticules de pelouse à chaque assaut. Dans les tribunes il n'y avait que Christelle, une fille de sa classe qu'il trouvait jolie. Elle assistait au spectacle sans réagir tandis qu'il chutait après avoir marché avec ses crampons sur sa robe herminée. Il ouvrit les yeux, *Tio* Armando le portait, il le regardait avec beaucoup de tendresse, comme un bébé. Il avait arrêté de respirer pour ne pas le réveiller. Derrière lui, Fernando fermait le bar en claquant le portail. Arthur se rendormit immédiatement dans les bras réconfortants de son oncle. Un long tunnel. Chaque soir il sombrait sur la petite table froide, et se réveillait dans l'austère maison familiale. Dans la chambre aveugle aux deux petits lits roses, les coussins enfoncés témoignaient du passage de son père. Ils devaient dormir côte à côte mais ici aussi, à son réveil, Fernando avait déjà disparu. Durant les trois jours du séjour il fut incapable de rester dans l'humidité étouffante des larges murs de la maison et se rendit toujours à pied au bar où le tapis vert du billard le réconfortait. En chemin il lui arrivait de repenser à sa lettre, cette lettre au père qu'il n'avait pas eu le courage de transmettre. Il imaginait mener une grande discussion lors de leur retour en France. Mais alors qu'il écrivait les dialogues dans sa tête, il mesurait l'irréalité de la scène. Lui-même n'y croyait pas. Tout sonnait faux, de ses intonations accusatrices jusqu'aux excuses paternelles. Il fallait s'y résoudre, il y a des choses qu'on ne se dira jamais, surtout dans les familles où on ne se dit rien. Le trajet du retour serait semblable à celui de l'aller, il remettrait la cassette d'Elton John pour combler les vides et parce qu'à une époque il avait vu son père tapoter le rythme des chansons sur son volant. Peut-être le referait-il. Ensuite la vie continuerait, semblable à ce qu'elle était avant ce voyage, semblable à ce qu'elle était ici dans ce pays étranger : son père disparaîtrait toujours entre le travail et la méridienne.

Une lumière au bout du tunnel. Ils n'allaient pas tarder à reprendre la route pour enfin rentrer au pays.

Arthur s'était réfugié dans la salle de billard et faisait mine de jouer. Un type avec un vitiligo sur le visage entra, le regarda attentivement et commença à lui parler avec entrain. L'autre leva les épaules pour signifier qu'il ne comprenait pas. Le type alluma une SG Mentol, en proposa une à Arthur qui déclina d'un sourire, il prit une queue de billard, l'astiqua de cette étrange poudre bleu Klein semblable à celle des cordeaux, mit la cigarette dans sa bouche en position quasi parallèle à ses sourcils et, avec beaucoup de concentration, commença à jouer. La partie fut brève. Arthur, durant ses jours d'errance le long des lignes du billard, n'avait pas beaucoup progressé. Le type sentait la transpiration et le vin rouge macéré. Par moments il se collait au visage d'Arthur pour dire un mot et l'autre instinctivement reculait. Tandis que l'homme suivait la trajectoire de la boule blanche, Arthur l'observait, à contre-jour. Là ses traits se gommaient dans l'ombre. On ne voyait plus l'étonnante coloration de sa peau, moitié pâle, moitié mate. L'arête nette de ses tempes, ses cheveux un peu crépus, ses épaules tombantes et ses longues mains lui rappelaient quelqu'un. Arthur fixa le joueur qui avait à présent posé sa main gauche sur le tapis pour y faire reposer l'embout de la queue enduit de bleu. Quand il vit cette main, déformée par un pouce en forme de saucisse cocktail, il devina une lointaine évocation de son père, une espèce de version ratée, faite avec les restes. Deux erreurs de livraison se faisaient face.

À la fin de la partie, alors qu'Arthur sentait à nouveau un malaise l'étrangler, le type l'amena vers la fenêtre, indiqua une maison minuscule dans le village et lui dit « ma maman », puis, désignant l'autre maison minuscule qui y était accolée il dit très solennellement « O Vasco ». Enfin, pointant son pouce vers lui, il se présenta : « Nesquik ». Il n'y avait plus dans son regard l'assurance de celui qui venait de remporter une partie de billard contre un enfant. Arthur sentit s'installer entre eux une tristesse immense et, s'il avait parlé cette maudite langue, il savait qu'au premier mot l'autre aurait éclaté en pleurs. Le dénommé Nesquik lui serra la main, très fort, appuyant son pouce comme un potier voulant marquer une terre meuble.

Elle est mon doux pays et ma chère patrie :
Puissé-je, des autans surmontant la furie
Vers ses champs regrettés empressé d'accourir,
Mon voyage accompli, les revoir et mourir !

Ils prirent la route quand la nuit commençait à tomber. La chaleur de la journée planait encore, il y avait dans l'air une odeur de fumée et une luminosité rouge qui résistait au soir. En chargeant ses bagages Fernando repensait à l'imposante maison en pierre qui plongeait vers la vallée du Douro, la grande chambre à l'étage serait parfaite pour Tiago. Avec Sabrina ils prendraient celle du bas.

Mirador
juin 1995

Ils sont venus me narguer ces deux prétentieux. Père et fils. Et la Mercedes 190 D. Pour bien étaler tout leur pognon. Ils sont venus nous le mettre sous le nez à nous tous, leur pognon. Le père, le fils, la Mercedes. Ils ont fait le voyage tous les deux, complices. Et ils repartent maintenant qu'ils nous ont bien montré leur pognon, dans leur pays. Ils ont garé la Mercedes devant le bar, comme ça personne ne pourra ignorer qu'ils sont là. Il est là, Fernando, le fils de Vasco, avec son fils et avec sa Mercedes. Le père et le fils en route pour un voyage retour vers la France. Parce que pour eux, dans ce sens, c'est le sens du retour. Ils peuvent se raconter ce qu'ils veulent, ils ne sont plus d'ici. Retour au pays. Le père et le fils qui voyagent ensemble. Moi, mon père ne m'a jamais fait voyager avec lui. Il avait pris ses autres enfants pour faire ce même trajet, un aller cette fois. Il a mis des années, mais il a fini par revenir. Si ma mère avait pu l'attendre, tout aurait été différent. C'est moi qui roulerais en Mercedes. Ils en feraient une tête tous les types d'ici. Et les femmes… Elles me regarderaient autrement, les femmes du village, et celles des autres villages. Nesquik dans une Mercedes ! J'ai bien vu au bar, le soir, comment tout le monde le regardait, ce Fernando. On est les mêmes, et personne ne m'a jamais regardé comme ça ici.

Notre père, je crois qu'il a attendu que ma mère meure pour revenir. Oui, je suis même sûr qu'il avait peur de la revoir. J'ai toujours senti, quand il me croisait, qu'il aurait bien aimé que je crève avec elle. Je voyais bien que je le dégoûtais. Ces taches sur mon visage, ça le dégoûtait. Moi, au milieu de sa famille parfaite, j'étais comme une de ces taches qui couvrent mon corps. Alors si j'avais pu crever.

J'ai vu le petit gros, comme il regardait mon visage. J'ai vu que lui aussi, il était mal à l'aise en me voyant. J'ai fumé à sa gueule. Je lui ai balancé toute la fumée dans les yeux. Je voyais ses yeux qui piquaient et je soufflais encore plus fort. Dehors, là-bas, vers la route nationale, c'est en train de bien prendre. D'immenses nappes de fumée. Je leur crache ça à la gueule, à tous. Tous ceux qui savent mais font comme si ça n'existait pas. Tous ceux qui étaient là mais qui font comme si je n'étais rien. Comme si tout ce cirque, ce bar, cette Mercedes, c'était normal. J'ai des nuages de fumée pour vous. Je vous les crache à la gueule. Le petit gros, ce bon fils à son père, je l'ai laminé au billard. Je ne lui ai pas laissé un point. Rien. Défaite totale. Il savait à peine tenir la queue. Il posait ça sur ses grosses mains. Il a des mains de fainéant. Rondes, blanches. Je suis sûr que les notaires ont des mains comme ça. Il n'a pas les mêmes pouces que nous. Si ça se trouve il n'est même pas le fils de l'autre. Va savoir, avec sa Française… Et ils embrassent l'autre frère débile qui ne quittera jamais ce café. Il est là pour nous surveiller celui-là. Il faut toujours garder un œil sur le village.

Se méfier des gens d'ici. Il leur apporte une bouteille de Sumol pour le voyage. Comme ça le père et le fils vont boire un coup en roulant. Tranquilles. Dans la Mercedes 190 D. En écoutant leur musique de Français. En se racontant leurs histoires de père et de fils. Je ne sais pas ce que se disent un père et un fils. Est-ce qu'un père ça embrasse son fils ? Est-ce qu'un père ça console son fils ? Est-ce qu'un père ça rit avec son fils ? Moi je n'en sais rien, mais Fernando lui, il sait, il sait bien. Le petit gros avec lui, son bon fils à papa qui va poser son gros cul dans la Mercedes, lui aussi il sait.

Et ils quittent le bar. La Mercedes s'arrête. Fernando fait un signe à son frère, à l'autre frère. Moi bien sûr, il fait comme s'il ne savait pas. Comme s'il n'avait pas compris. Comme tous les autres ici. Qu'ils crèvent. Qu'ils crèvent. Il fait un signe de la main. Il dit au revoir avec sa main qui sort de la Mercedes 190 D. Avec les vitres automatiques. Juste une main qui sort. Et cet affreux pouce qui s'agite et dit au revoir. Au revoir. Le petit gros à côté, tellement prétentieux, tellement français, tellement à sa joie de faire ce voyage avec son père, comme un père et un fils. Lui, il ne dit rien, il ne fait même pas l'effort de baisser la vitre. Il n'appuie même pas sur le bouton. Vitres centralisées. Peinture gris métallisé. Comme il est beau ce gris qui file. Comme le soleil couchant voilé par la fumée rend la Mercedes 190 D encore plus éclatante. Contraste. Comme elle semble fendre la nuit qui se dessine. Comme elle paraît indestructible. Comme on doit se sentir bien, à l'intérieur, père et fils.

Et elle fonce vers la nationale. Elle a passé le dernier virage avant la sortie du village. D'ici, de la salle de billard, je ne la vois déjà plus. Mais j'entends encore la mélodie du moteur. Fernando le fait hurler. J'imagine son fils, à côté, fier de ce père pilote. Je l'imagine le haranguer « accélère, accélère ! » et je devine le sourire du père. Comme il doit se sentir invincible lui aussi. Je vois les deux corps se déplacer dans une chorégraphie synchrone à la sortie de chaque virage. Ils dansent. Père et fils, côte à côte, sur les petites routes de ce pays lointain qui n'est plus à eux. Virage à droite. Virage à gauche. Accélération. Virage à gauche. Valse.

Et là, devant eux, enfin, l'immense ligne droite. Ils filent le long de l'ancien dépôt de Vasco, ils sont tellement heureux, le père et le fils, qu'ils ne le regardent même pas, le vieux dépôt du grand-père, qu'ils ne regardent plus rien, qu'ils sont tout à leur joie d'être unis pour le voyage, père et fils, qu'ils ne regardent pas vraiment la route, qu'ils accélèrent, encore, dans la nuit tombante, la fumée et la vitesse qui rendent tout vaporeux, cotonneux, qu'ils ne font pas attention à la forêt, à la carrière désaffectée là-bas derrière, qu'ils accélèrent encore, qu'ils n'ont pas senti la fumée, qu'ils n'ont même pas vu les colonnes de flammes, les torches d'eucalyptus, les braises dans les buissons, les vignes en charbon, la terre qui devient cendre. Ils n'ont rien vu de cette incandescence. Tellement ils étaient heureux. Le père et le fils.

Les étrangers
juin 1995

Au volant de la Mercedes 190 D, alors qu'il quittait le bar central, Fernando avait l'impression de renouer enfin avec son histoire. Il reprenait pied dans ce village, il avait aimé que les gens d'ici se pressent autour de lui quand il racontait ses aventures au comptoir. Ce n'était plus la même ambiance que ce jour où ils avaient surnommé Hélène « la comtesse ». Il n'y avait plus cette distance, cette contre-plongée. L'absence d'Hélène lui avait permis de mieux profiter de son statut d'enfant prodigue de Trás-os-Montes. Restait une ombre, Arthur. Lui n'avait pas convaincu les autochtones, c'était évident. Sa façon de ne jamais être vraiment là heurtait les condamnés à vivre ici.

Fernando augmenta la ventilation de l'air conditionné en pensant qu'en France, il retrouverait toutes ses affaires à régler et les chantiers enlisés dans les initiatives déconcertantes des manœuvres. Partout il faudrait tout refaire. Et puis Sabrina. Il fallait bien que leur relation évolue. Quelque chose devait se passer. Restait une lumière, Tiago.

Dans la voiture un bruit parasite gonflait, par-dessus l'air conditionné. Un souffle léger, crépitant et toussotant : la radio ne captait aucune station. Arthur fut pris d'un spasme quand ils dépassèrent le lavoir, comme s'il avait commis une faute. Effraction d'angoisse. Le ronronnement des ondes le transportait loin, à une époque où, avec sa mère, ils écoutaient les marins. Quelques mots dans des langues inconnues jaillissaient dans la nuit. Sans pouvoir l'expliquer, il aurait voulu lui aussi lancer un appel de détresse, qu'un enfant et sa mère, suspendus aux ondes vierges, auraient pu capter dans ce jour disparaissant.

Il ne fallait pas penser à ça. Juste respirer calmement, et ne penser à rien. Laisser le ressac faire son œuvre : d'abord la submersion, ensuite vient l'aspiration de l'intranquillité vers le large. Attendre un peu. Il voulut remettre la cassette d'Elton John dans l'autoradio pour éloigner les ondes. Fernando accéléra violemment. La voiture hurlait. Le père éjecta la cassette avec une telle colère qu'elle tomba aux pieds d'Arthur. Pas un mot. Ils longeaient maintenant les derniers murs en pierres sèches à la sortie du village.

– Tu peux pas t'en empêcher hein ? Tu peux pas t'empêcher de te faire remarquer ?

La colère de Fernando se teintait de cette voix nouvelle qu'il faisait retentir sur le zinc du bar central, une voix plus grave où les consonnes tonnaient dans le fond de la gorge.

– Je voulais juste mettre un peu de musique, la radio passe pas ici.

– Ce n'est pas assez bien pour toi, ici. C'est ça ? C'est ça que tu veux me dire ? C'est pour ça que tu ne parles à personne et que tu restes dans ton coin ? Mais si ça n'est pas assez bien pour toi, fallait rester chez toi !

– Non, c'est juste que… c'est juste que je ne parle pas portugais.

– Et alors ? Y a besoin de parler portugais pour aller jouer au foot avec les gosses de ton âge ? Tu crois quoi ? Qu'un beau matin tu vas te lever et que tu sauras parler la langue ? Tu crois que je me suis levé un matin et que le français m'était tombé dessus dans la nuit ? Trois jours. Tu passes trois jours ici et tu n'apprends pas un mot. Pas un ! Tu attendais peut-être qu'ils apprennent tous le français pour parler avec toi ? C'est ça ? Tu pensais que c'était à eux de faire un effort peut-être ? Que tu n'allais pas t'abaisser à leur niveau. C'est ça ?

Arthur n'avait jamais vu son père dans cet état. Il sentait une colère démesurée fondre sur lui, chargeant de particules lourdes l'air conditionné. Il était prisonnier de cette voiture, sa mère était si loin, et le voyage promettait de durer si longtemps. Il tenta mollement de se justifier, n'y croyant déjà plus.

– Non, mais j'aime plus trop le foot, et je n'ai pas vu d'enfants de mon âge au bar.

– Ah c'est vrai. On s'est tapé tes entraînements pendant des années, ta mère t'a accompagné partout, tous les tournois où tu perdais toujours, on a acheté les crampons, les protège-tibias, les maillots du club, tous les ans… Mais finalement, tu n'aimes pas le foot ! Pas assez bien pour toi ça non plus ! Le foot c'est pour les gros cons, c'est ça ?

– Mais… J'ai pas dit ça.

Sa voix tremblotait. Il sentait cette violence inconnue se rapprocher de lui et faire croître son angoisse. Il fallait en dire le moins possible pour ne pas qu'elle explose. Dans les virages serrés, Fernando à fond de troisième, pied au plancher, roulait comme un pilote de Formule 1 aveugle.

– Mais tu crois quoi ? Qu'on est des abrutis ? Qu'on sait pas lire ? Qu'on s'intéresse à rien ? Tu crois que j'entends pas, quand tu fais mine de parler à ta mère, de tes cours ? Quand tu lui parles à elle, sans même me regarder, comme si j'étais incapable de comprendre ? Tu crois que parce que je passe ma vie au chantier je suis un imbécile, c'est ça ? C'est pas assez bien pour toi ça non plus, le chantier ? Hein ? C'est pas digne de toi la maçonnerie ? Ça salit les mains ? Ça abîme tes grosses mains, c'est ça ? C'est pour les autres abrutis ? Pour les Portos ? C'est ça ?

– Non, j'ai jamais dit ça.

– T'as pas besoin de le dire. Tu le transpires. Ta mine de fillette précieuse, les rares fois où tu viens me voir au travail. Ton air dégoûté quand tu rentres dans le dépôt. Tu sais le fric qu'il y a dans ce dépôt ? Tu imagines le travail qu'il faut pour payer ces machines ? Tes livres, tes fringues, tu crois qu'on les paie avec des belles paroles ? Si je me cassais pas le dos au travail pour toi, tu crois que tu pourrais faire le malin devant mes clients et leur dire que tu veux être avocat ?

– J'ai dit ça comme ça. J'y avais même pas pensé.

– Ah ! Mais c'est tout le problème ! Tu ne penses à rien. Qu'à toi !

La Mercedes 190 D était sortie du village, elle arrivait à présent sur le grand plateau, elle empruntait la longue et large route qui séparait l'ancien dépôt de Vasco de la forêt. Mais ni le père ni le fils ne regardèrent la bâtisse inachevée où Vasco était mort. La colère tamisait les vitres.

– Tu crois que je me serais amusé à dire à mon père, quand j'avais ton âge, que je voulais rester ici ? Tu crois que mes frères ou ma sœur s'y seraient risqués ?

– Je ne sais pas. Je ne les connais pas trop, ni ton père.

– Mais tu me reproches quoi au juste hein ? Tu me reproches quoi ? De t'avoir coupé de ma famille, c'est ça ? Tu crois quoi ? Que tes cousins sont différents des gosses que tu as vus dans ce bar et qui n'étaient pas assez bien pour toi ? Tu ne vas quand même pas me reprocher de ne pas avoir assez vu ma famille ! Ça, je ne l'admets pas ! À qui la faute ? Tu régleras ça avec ta mère. Ça n'est quand même pas de ma faute si elle n'a fait aucun effort pour… Enfin. Inutile de parler de ça. Je vois bien ce que tu essaies de me faire dire. Ça ne marche pas avec moi. Ça ne marche pas. Ne me prends pas pour un imbécile parce que, vraiment, c'est pas le moment. Tu crois que je n'ai pas compris ton petit jeu ? Je sais très bien ce que tu veux ! Que je parte ! Que tu restes bien tranquille avec ta mère. Le fils à sa maman. Vous seriez bien contents, tous les deux, enfin débarrassés de moi. Mère et fils !

Fernando serrait le volant de toutes ses forces pour s'empêcher de donner des coups de poing à ce mauvais fils qui l'éloignait toujours d'un bonheur à portée de main. La Mercedes 190 D vociférait, fendait l'immense ligne droite, l'air conditionné crachait son souffle tiède sur les yeux d'Arthur et la radio continuait de crépiter, triomphant de la cassette d'Elton John, vaincue, écrasée au sol. S'il avait pu prendre un peu de hauteur, peut-être se positionner au sommet de l'ancienne carrière désaffectée, Fernando aurait vu qu'il était encore temps de faire demi-tour et de se mettre à l'abri. Retourner au bar, ou dans la maison familiale en attendant les pompiers. Mais chaque accélération, en essayant vainement de distancer sa colère, les rapprochait du brasier. Les eucalyptus, les chênes, les ronces, l'ancien hangar de Vasco, les châtaigniers, les tas de gravats alimentaient les incendies déclenchés plus tôt par une cigarette SG Mentol dont on ne trouva jamais le propriétaire. Encouragées par le vent, les flammes s'unirent sur le long plateau pour encercler la route, faisant ainsi d'elle « la route de la mort ».

– Je crois que là-bas, les chênes brûlent.

Pour la première et dernière fois la voix d'Arthur avait perdu son grésillement de vieux transistor. Avec la peur, chaque mot devint une supplication très nette, une mue dénuée des habituels signaux faibles. Mais Fernando ne remarquait plus rien, la déception et la tristesse lui coupaient les sens, le changeaient en pierre : il n'entendait plus ce fils, ne voyait plus l'incendie, ne voulait plus rien dire, ne plus poser aucune question, ne plus prononcer le moindre mot. Il ne reconnut même pas l'odeur âcre des feux de chantiers.

Les derniers mots des Carvalho père et fils évoquèrent donc les chênes, ces arbres à l'origine de leur nom dont les troncs crépitaient à présent aux abords de l'ancienne carrière de pierres ; nécropole qui constituait le point de départ et le point d'arrivée de la dynastie.

Face au mur de feu, tous les automobilistes eurent le même réflexe, un rêve de phœnix contrarié : accélérer en espérant que la puissance des moteurs permettrait de traverser les flammes. Dans l'habitacle de la Mercedes 190 D, Fernando crispé sur son volant s'accrochait à l'image de plus en plus lointaine de Tiago. À côté de lui, Arthur, terrorisé, cherchait en vain la main de son père.

Ils étaient enfermés côte à côte, chacun à son ailleurs, dans la belle voiture, tellement étrangers. Le père et le fils.

Remerciements

Pour toute la documentation sur l'histoire portugaise, l'auteur s'est référé à Yves Léonard, *Histoire du Portugal contemporain, de 1890 à nos jours*, Éditions Chandeigne, 2016.

Table des matières

Ouvrage réalisé par Cédric Cailhol Infographiste

Achevé d'imprimer en octobre 2023
par l'imprimerie Laballery à Clamecy.

Dépôt légal : mai 2023
N° d'impression : 310571

ISBN : 978-2-8126-2466-7

Imprimé en France